晩年の晶子
（52～53歳ごろ）

与謝野晶子

●人と作品●

福田清人
浜名弘子

Century Books　清水書院

原文引用の際，漢字については，
できるだけ当用漢字を使用した。

序

史上、大きな業績を残した人物の伝記や、すぐれた文学作品に、青春時代ふれることは、人間の精神形成に豊かなものを与えてくれる。

ことに苦難をのりこえて、美や真実を求めて生きた文学者の伝記は、強い感動をよぶものがあり、その作品の理解のためにも、大きな鍵を与えてくれるものである。

たまたま、私は清水書院より、近代作家の伝記とその作品を平明に解説する「人と作品」叢書の企画について相談を受けた。執筆は既成の研究者より、むしろ新人に期待するということであったので、私の出講していた立教大学で近代文学を専攻した諸君を主として推薦することにした。そして私も編者として各巻に名を連ねることになった責任上、その原稿にはいちおう眼を通した。

執筆者浜名弘子君は、実践女子大学卒業後、立教大学の副手を経て、大学院博士課程を終了し、現在実践女子短大で近代文学を講じている。

私は実践女子大学の専任時代、浜名君の卒業論文の指導をしたが、立教では塩田良平教授の研究室にゆだねたのであった。

浜名君は実践時代から、郷里を同じくした山川登美子に関心をもち、卒論もそれであったが、その後さらに研究を深め、その業績は学界でも認められている。

登美子を究めるには当然、かの女と時を同じうして新詩社に加わり、親友でかつライバルであった晶子に触れねばならない。古い時代から自由な海風の吹く港市堺の老舗の娘として生まれ、文学に志すや、封建的な家の束縛を脱し、「みだれ髪」に奔放な情熱をもって人間讃歌を絶唱し、近代短歌の大きな曙光を示すと共に、その後六十余年の生涯に精進をつづけ、一方文学者の妻として、母として、また教育家としてもすぐれた足跡を残した与謝野晶子の像を、浜名君はここに刻むと共にその文学を解明した。

与謝野晶子は、そのすぐれた業績にかかわらず、その全体を伝える単行本が意外に少ない。晶子のライバル登美子に執心してきたこの筆者は、改めて晶子に対決し、この晶子入門の手頃の本をよくおさえてまとめてくれたのである。

福田清人

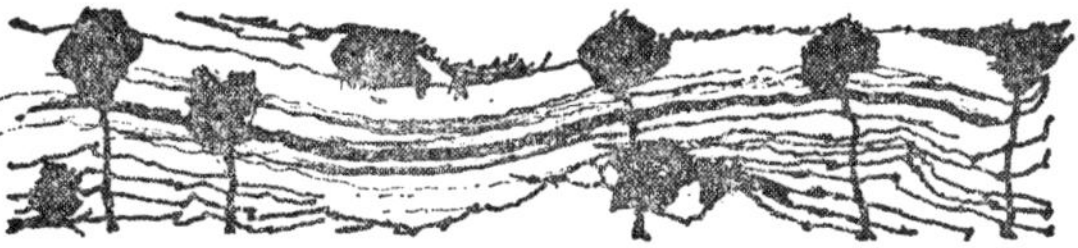

目　次

第一編　与謝野晶子の生涯

老舗の娘……九
はたちの心……二六
おごりの春……五五
転　生……八五
ただひとり……一〇八

第二編　作品と解説

みだれ髪……一三一

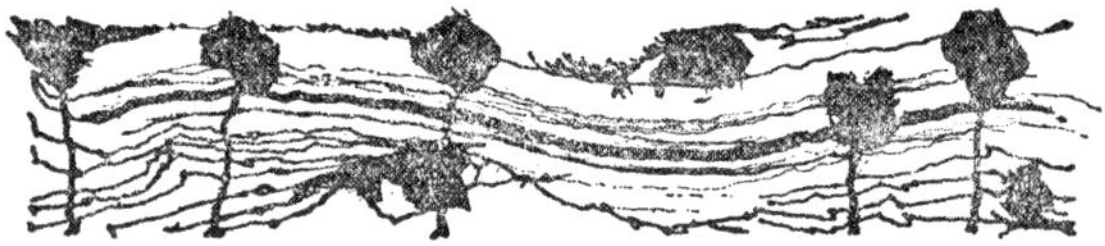

恋　衣……一四八
舞　姫……一六二
夏より秋へ……一七一
明るみへ……一九〇
白桜集……二〇三
年　譜……二二三
参考文献……二二七
さくいん……二二九

第一編　与謝野晶子の生涯

老舗《しにせ》の娘

海恋し潮の遠鳴りかぞへては
少女《おとめ》となりし父母の家　——恋　衣——

泉州・堺

堺はふるい町である。大阪市の南、一五キロほどのところに位置するこの町は、そのむかし歌枕「住《すみ》の江」として、

住の江の岸による波よるさへや
夢のかよひ路人めよくらむ　——古今集——

と詠まれ、戦国のころからは朱印船や堺船の出入りする貿易港としてにぎわい、

「堺の町は甚だ広大にして、大なる商人多数あり。此の町はベニス市の如く執政官に依りて治めらる。」

（『耶蘇《やそ》会士日本通信』）

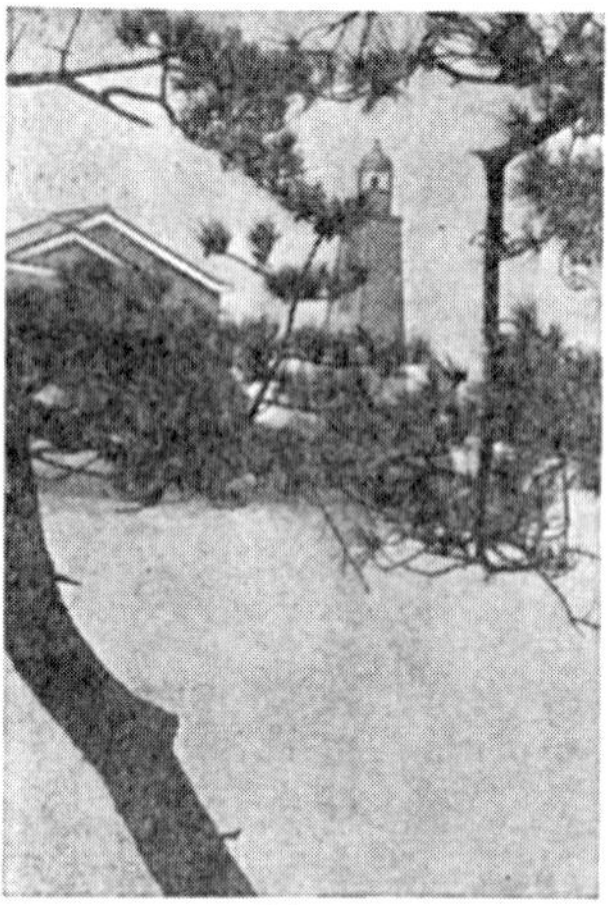

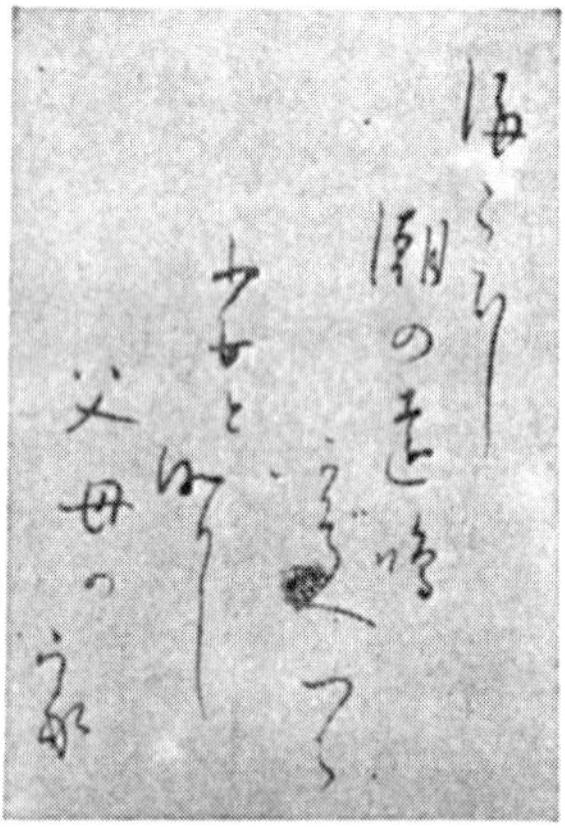

（上）堺の浜
（右）晶子の自筆

と、海外にまでその名を伝えられた町である。

またこの町は、わが国に海外の息吹きを伝える門戸として、きわめて重要な役割を果たしてきた。天文一九年（一五五〇）、都を目指したザヴィエル神父の一行が、最初に達した畿内《きだい》の地は堺であり、ほぼ三十年ののちには、町の高台に、光り輝く十字架をいただく、美しい教会も建てられた。晶子はこの町を、歌集『夏より秋へ』で、

そのむかしサンタマリアといちはやく
見知りし人のありしふるさと

とうたっている。

徳川時代の末期から、天下の台所大阪にその繁栄を奪われはしたが、堺の町の人々は、かつて茶人千利休を生み、連歌師牡丹花肖柏《ぼたんげしょうはく》を育てたことを誇りとし、古雅を愛する風潮を尊《たつと》んできた。婦女子のお茶や生花はもとより、商家の主人た

ちには漢学や謡曲《ようきょく》までもが必須の教養とされてきた。それだけに、旧家には伝統的なしきたりを維持しようとする風潮が根強く残っていた。堺出身の文庫派の詩人河井酔茗《すいめい》は、明治二十年前後のこの町の雰囲気をつぎのように伝えている。

「堺といふ土地はその頃まるで眠つてゐるやうな街で、保守的で旧習を重んじ、茶道、花道、謡曲《ようきょく》などが行はれ、一方には義太夫、琴、三味線などの遊芸が各家庭によろこばれ、商家などでは寧《むし》ろ文芸は忌避《きひ》されてゐた。」（「晶子さんの堺時代」）

反面、この町の人々は、かつて強大な自治防衛組織を持ち、自由都市としてさかえたことを誇りにしていた。そうした進取独立の精神も、この町には潜流として生きつづけていたのである。

堺は南北に細長く延びた町で、大通り大道《だいどう》筋によって二分されている。この大道筋のほぼ中央、甲斐町の一角に、老舗駿河屋《しにせするがや》が紺ののれんを下げていた。

老舗・駿河屋　与謝野（鳳《ほう》）晶子は、明治十一年十二月七日、大阪府堺市甲斐町四十六番地の老舗駿河屋に、父鳳宗七、母つねの三女として生まれた。本名を志よう（晶）といい、この名には「水晶の様に美しくあれかし」（「母晶子」）とねがう親心がこめられていたという。また、のちの晶子の歌には、自らの名を詠みこんだつぎのようなものがある。

われの名に太陽を三つ重ねたる

明治時代の駿河屋

親ありとしも思はれぬころ

晶子の生家駿河屋は、堺をはじめ京阪神に広く知られた菓子商であった。しかし、その家系には「誇るべき祖先もない。極近い世の祖父の人となりさへ定かには知ることが出来ない」(「清少納言の事ども」)と、のちに晶子が記しているように、いわゆる旧家ではなかった。祖父重兵衛の代に、本舗駿河屋からのれんを分けてもらった、といわれているこの店は、本舗との競争を避けようと、開店後まもなく創製したあずき入り羊羹《ようかん》「夜の梅」が評判になり、広くその名を知られるようになっていたのである。

あずきを煮る湯気が立ちこめ、人々の出入りの激しかった生家を、

湯気にほふ昼と火桶のかず赤き
夜のこひしき父母の家

と、晶子は詠んでいる。

駿河屋は堺市の南、五キロほどのところにある鳳(おおとり)村の出で、

その珍しい鳳（ほう）という姓は、この村の名にちなんだものであるという。

母　つね

父　鳳宗七

のぞまれぬ子

晶子の誕生したころの鳳家は、父と母、祖母の静、腹ちがいの姉輝と花、兄の秀太郎、それに使用人数人という世帯であった。輝と花の母親は、祖母静の気に入らず、二児を残して離別していた。晶子の生母つねは、その後に迎えられた後妻であった。

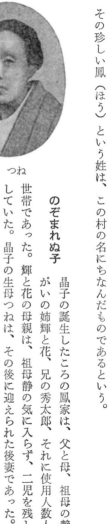

二代目宗七を名のる父は、出入りの商人たちから「旦那中の旦那」と立てられるほどの徳を持った人であった。市会議員を長くつとめ、町の名士のひとりとして活躍するかたわら、俳句をたしなみ、絵筆をも執《と》る、趣味の広い人であった。

しかし、この父は晶子にはやさしい人ではなかった。鳳家では晶子誕生のふた月ほど前、次兄の玉三郎が不慮の出来事で幼い命を断っていた。そうしたことも手伝って、宗七はまもなく生まれる子供が男児であることを切望していた。しかし、誕生したのは女児であった。宗七の失望は激しかった。それだけに、母の気遣いはひと通りのものではなかった。母のつねはそろばんや計算もたくみで、駆け引きなど夫に代わってきりまわす、し

鳳家系図

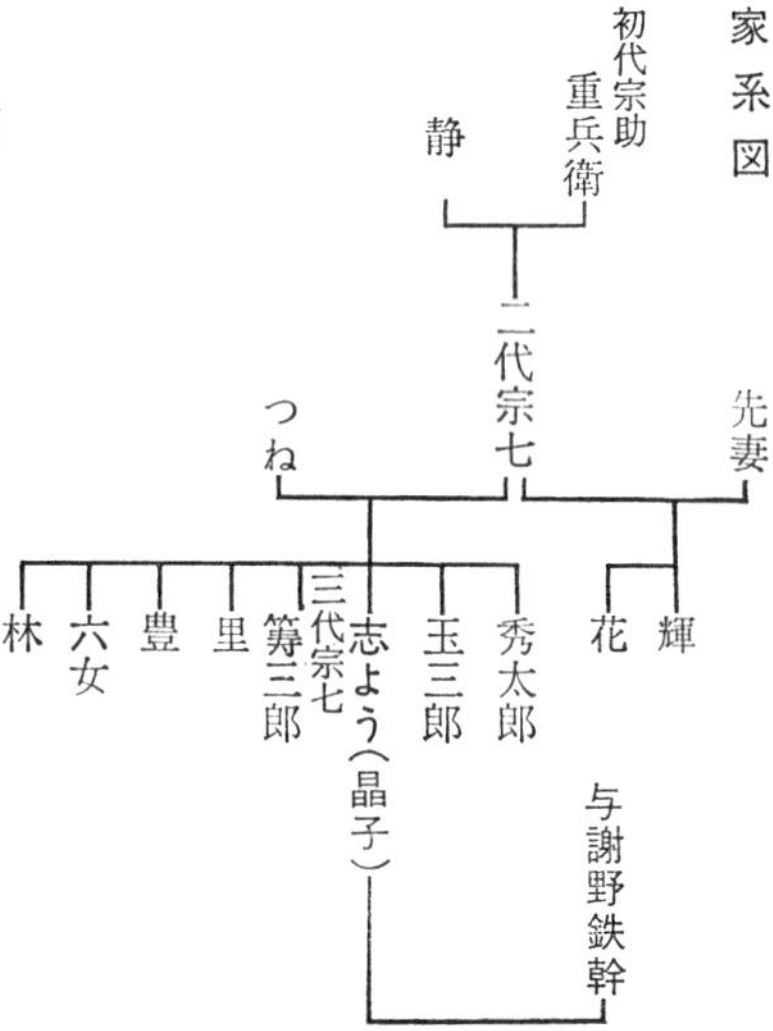

っかり者であった。腹ちがいのふたりの娘に対しても、「僻《ひが》ませては成らじ僻ませじ、我心をも如来様御僻ませ遊すなと一心に念じ」、育てていた。しかし、愛児の急死と女児の誕生という「大事」は、彼女の心身を痛めつけずにはおかなかった。晶子誕生からふた月ほどの間、彼女は脚も腰も立たなくなり、やがて、やっと床を離れられるようになってからも、乳が止まってしまった。その前後を、のちに晶子は母に代わってつぎのように記している。

「父上の失望、歌よむ人の御前様わが上ぞとは思はで、思ひ遣《や》り為さるべく候。七夜の朝御出掛なされし侭《まま》、御遊び遊ばす伯父様達を苦々しき事に御思ひ居なされし父上の、道頓堀は角の芝居へ、馬車ゆたかに人具して御出を茶屋の門に見しと云ふ人今なれば電話なるべし。浜の一力《いちりき》より昨夜より無理計りの仰《おおせ》、番頭様の誰かを御迎にとの洩れ聴き、私が済まぬ事したと其中に姑様《しゅうとめ》への気兼《きがね》、この侭死にたやと思ひし母、其方が寝顔見ては、我死なば此児は孤児同様ぞとの夜毎の悶《もだ》えに、産の血納り損ねて、我ふた月を膝行《ゐざり》の足立たずと成りし。」(「母の文」)

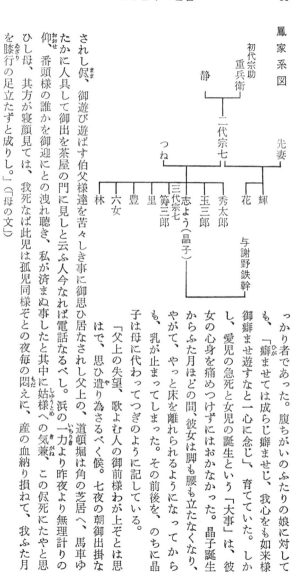

このように、「父なる人におぼえ睦《むつま》じからぬ子」として誕生した晶子は、もともと肥《ふと》った子ではなかったが、母の乳が止まったことからますますやせ細り、夜となく昼となく泣き通す泣き虫になってしまった。母は、家にもどったいそがしい父の機嫌をふたたび損じてはならないと、晶子に乳母をつけ、柳町で魚問屋をしていた叔母の家に預けた。そしてかの女は駿河屋と柳町の間十四丁を、「姑様御眠《やす》み被為《なさ》れて後を、提灯ともして下女も連れず」、毎日のように娘の顔を見に通った。兄弟中でただひとり、父親からうとんじられていた晶子に、それだけに母の愛は深くそそがれていたのである。この母は、やがて晶子が成長し、妹が誕生してからも、晶子ばかりを抱いて寝るほど、異常な可愛がり方をしたという。

明治十三年の夏、鳳家に弟籌《ちゅう》三郎が誕生した。この弟は、のちに晶子によって「君死にたまふことなかれ」と歌われた人であり、家族の中では晶子の芸術をもっとも良く理解した人である。弟籌三郎の誕生によって、ようやく「肩身も広く」なった母は、まもなく晶子を生家に連れて帰った。晶子二歳のころのことである。

その後の晶子は乳母の手で育てられたが、その乳母は「意地の悪い」人だったようである。乳母との日々を、のちに晶子はつぎのように回想している。

「乳母はよく自分を過《あやま》ちも無いのに抓《つね》った。自分は辛抱をして泣かなかった。泣けば叱られるのは自分である事を三歳位から観念してゐた。其れでも乳母は何か告口をしないかと邪推して何時も恐い目で自分を睨《にら》んだ。」(「雑記帳」)

男すがた

大阪ではお嬢さんのことを「いとはん」と呼ぶ。駿河屋でも、召使いたちは長女の輝を「あねいとはん」、次女の花を「なかいとはん」とよんでいた。晶子はその名の志ようから、「おしょいとはん」とよばれていた。

幼いころの晶子は、かなりわがままな、感情の起伏のはげしい子だった。

絵草紙を水に浮けんと橋に泣く
かんだかき子は我なりしかな

当時の晶子を生きいきと伝える歌である。けれども、同時にかの女には、

「自分は幼い時から破壊的な事が嫌である。他の友達は人形を壊すのに、自分は反古《ほご》や端布《はぎれ》を集めて新しい人形を造り、其れを友達に頒《わ》けたり、自分で眺めたりするのが好きであつた。」（「雑記帳」）

という、やさしい一面もあったようだ。また、かの女はその珍しい姓のため、遊び仲間から、

鳳さん　ほおずき　ほう十年
ほらほつた　ほうほ

と、はやしたてられたこともあったという。

明治十五年、満三歳にしかならない晶子は、その才を伸ばそうという父の希望により、堺市宿院小学校に入学した。しかし、あまりにも幼すぎたため、通学は無理だったらしく、まもなく休学した。明治十七年、晶子はふたたび小学校に入学した。そのころの晶子は、のちに

ものほしへ帆を見に出でし七八歳《ななやっ》の
男すがたの我を思ひぬ

十二まで男姿をしてありし
われとは君に知らせずもがな

とうたっているように、棒縞の着物を着せられて、「男すがた」をしていた。どうしてそんな姿をするようになったのか、いろいろな見解があってはっきりしないが、「成るべく男の目に附かない様に」という母の配慮と、「男は女らしく、女は男らしく育てるという」堺の昔からの風習とがないあわさってのことだった、と考えられよう。

七歳になったころから、晶子は小学校へ通うかたわら樋口氏の漢学塾へも通った。また一方、商家の「とうさん」らしく、舞踊や琴、それに三味線の稽古にも通いはじめた。「男すがた」をしていた晶子の幼心に

も、このころから女の子らしい感情が、すこしずつ芽生えはじめてきた。

　舞の手を師のほめたりと紺のれん
　入りて母見し日も忘れめや

稽古していた手習いの踊りの出来栄えを、母に知らせようとする子は、また、

　往きかへり八幡筋の鏡屋の
　鏡に帯を映す子なりし

という、おしゃれな子でもあった。

明治二十一年、宿院小学校を二五八人中八二番という成績で卒業した晶子は、宿院高等小学校に一時在籍したあと、堺女学校へと転じた。当時の堺女学校は、京都、大阪の優秀な女学校にはおよびもつかぬ学校で、のちのちまで晶子の印象に残ったのは、かの女に文学への目を見開かせた、国語担当の小田清雄《すがお》先生だけであった、という。

番頭・定七　晶子が十歳になったころ、店の帳簿係を引き受けていた姉がとついだ。そのため晶子は、

幼いながらも姉の代わりをつとめることになった。盆暮れなどの店の清算期には五日ずつ学校を休み、ふだんは学校のあいまに帳付けをした。

明治二十五年、堺女学校を卒業した晶子は、そのまま補習科に進み、明治二十七年、堺女学校補習科を卒業した。卒業を機に、晶子の生活はいっそうあわただしいものになっていった。店にすわり帳簿をつけるかたわら、仕事場で菓子の製造をも手伝った。

「わたしは菓子屋の店で竹の皮で羊羹《ようかん》を包みながら育った。」（「清少納言の事ども」）

と述懐する晶子は、また、いそがしかった仕事場のもようを、

「……箱の中の罌粟《けし》餅が十四五も一緒になつて、葡萄の房のやうになつて居る。それを一つ一つ指で離すと手にねばねばのものが附いて、その上にまた罌粟が附いて気持が悪くてならないので、銅の手洗鉢の傍へ行つて私は手を洗つて来た。そして手の乾くまでと思つて餅が一緒にならないやうに箱ごと罌粟をゆすつて居た。」（「罌粟餅」）

と描いている。

この仕事場で、晶子は使用人定七から少なからぬ感化を受けた。定七は「色の青白い、顔の小い男で、口の辺にはアイヌの入墨のやうな髭の跡」があり、晶子より「二つ三つの上か、それとも四つも五つも年上なのか」わからない男であったが、駿河屋につとめるかたわら、自宅では煙草をあきない、その外に段通《だんつう》の織屋もしていた、「はたらき者」であった。

この定七から受けた感化が、いかに大きなものであったかを、のちに晶子はつぎのように記している。

「私はその定七を天才だと今も思つて居ます。定七は学問の方の天才ではないのです。それは菓子を造《こしら》へること、商売をすることの天才なんです。外の菓子屋で二十人位かかつて二日で仕上げることを定七は小い小僧二人位を助手《すけ》にして半日でやりました。そしてその手際の美しいことはとても外の菓子屋の職工の真似の出来ることではありませんでした。終日私の家に来て居る定七は自分の家では煙草店を出して居ました。その外に段通の織屋をして居ました。しまひには段通の仲買人になりまして機場《はたば》を七八軒も持つて居ました。その機場は近くにあるのではなくて皆半里も一里も隔つて居て、遠い所は摂津の国の遠里《をり》小野と云ふ村にもあつたやうでした。その機場廻りを必らず朝か夜分にするのです。飛ぶやうに走つて行きます。病身の家内などを当にせずに、それをすつかり自分一人でやつて居ました。」(「座談のいろいろ」)

そののち定七は、段通問屋の破産にあい、貯金をすっかり無くしたが、その時も思い切りよくあきらめ、長年つとめてきた駿河屋をも止めて、いなかまわりの魚屋に転業した。

けれども晶子は、定七の生き方から実に多くのものを学びとっていた。晶子は「極めて意欲的に生きた人」として知られているが、苦境に立たされた際、かの女が心の支《ささ》えとしたものの一つは、このころの体験だったのである。

帳場格子《けっかい》の青春

晶子の青春は、帳場格子と仕事場で明け暮れていた。両親は、娘が「只の女」に育つことを望んでいた。そのころ、兄の秀太郎は東京帝国大学工科に進学していた。晶子は「親が兄の教育に尽した程自分にも尽して呉れたならば」と思わないわけにはいかなかった。けれども「兄に授けた高等教育の片端をも授けようとする家庭ではなかつた」（「清少納言の事ども」）。

「十二三歳から十年間店の帳簿から経済の遣繰《やりくり》、雇人《やといにん》と両親との間の融和まで自分一人で始末を付けていた」（「雑記帳」）晶子は、いまや駿河屋にとって欠くことのできない人になっていた。晶子は誕生のときから、父には愛されぬ子であった。父とのそうした関係は成長とともに次第に是正されてきていたが、「父の心の薄紙」は、依然として消え去ってはいなかった。母つねは晶子の味方ではあったが、つねに父の機嫌を損じないよう、気をつかいながらの味方でしかなかった。母のほかには仲働きのお仲、それに職人の岩吉などが、晶子の「贔負《ひいき》の音頭取」であった。しかし、母にはそれまでが「父上の機嫌」をそこねはしないかと案じられた。そうした環境の中で、晶子は次第に「ひがみ根性」を持った娘になっていった。そのころを、のちに晶子は、

少女時代の晶子

「癖《ひが》みか偏屈か、人には掩《おお》うて掩うて見られぬ様と、御前様為し居らるゝ迄も母は知居り候。」（「母の文」）

と、自らを母にみたててのべている。

息づまるような家庭の中で、晶子はせめて海にでも行きたいと思った。しかし、海浜の風紀の乱れを憂慮する両親は、それさえも許してはくれなかった。そして、心配のあまり、晶子の寝室に錠をかけたこ

とさえもあった、という。妹の里《さと》よりも派手好みで、「華やかに物を云ふ」のを好んだ晶子が、美しく粧うことも、また母には悩みのたねであった。白粉《おしろい》でもつけると、すぐに若い男からつけねらわれはしないかと心配した母との日々を、のちに晶子は「雑記帳」で、

「……母が厳しくて白粉などは平生少しもさせませんのですもの。赤い色の入つた物も碌碌着せて呉れませなんだ。」

と記し、さらに、そういう母を批判して、つぎのようにのべている。

「母の考では、白粉でもすると直ぐに若い男から附狙《つけねら》はれる。男が何か云へば、女はすべて其れに応じて堕落するものの様に思つてるのです。で成るべく男の目に附かない様にと許り考へて自分の娘が野蛮人の様な風をして居るのに気が附かないのです。」

「野蛮人の様な風を」していても、晶子は若い娘であった。内には、

　あなかしこ楊貴妃のごと斬られむと
　思ひたちしは十五の少女

という激しい衝動があった。知識欲もさかんであった。しかし、厳しい家庭の中には、そうしたかの女の渇望を満たしてくれるものは書物以外見当たらなかった。そして、晶子はまもなく熱心に読書する娘になって

いったのである。

愛読の書

あわただしい駿河屋での日々、晶子は夜昼となくひまを見つけては、古今の書物をひもといた。かの女の読書は歴史物から始まった。晶子はいう。

「読書にしても十二三歳の時から歴史物が第一の嗜好《しこう》で、それから自然古代の文学にも親む様になった。」（「雑記帳」）

と。そして、寸暇を惜しんでの読書のさまを、

長持の蓋《ふた》の上にて物読めば
倉の窓より秋の風吹く

と詠んでいる。また、当時を晶子はつぎのようにものべている。

「わたしは夜なべの終るのを待つて夜なかの十二時に消える電燈の下で両親に隠れながら纔《わづ》かに一時間か三十分の明りを頼りに清少納言や紫式部の筆の跡を偸《ぬす》み読みして育つたのである。」（「清少納言の事ども」）

趣味の広い人であった父の書棚には、さまざまな書物が並んでいた。晶子はその書棚から「源氏物語・大鏡・八代集の類を引出して」は、教えを乞う師も無いままに、「独合点《ひとりがてん》で拾い読みを」していった。そして近松、西鶴、芭蕉など、江戸時代の作品にも親しんだ。

なかでも『源氏物語』には、ひとしおの愛着をもっていた。

「紫式部は私の十二歳の時からの恩師である。私は廿歳までの間に源氏物語を幾回通読したか知れぬ。」(「読書、蟲干、蔵書」)

とのべている晶子はまた、

源氏をば十二三にて読みしのち
思はれじとぞ見つれ男を

ともうたっている。のちに晶子は、労作『新々訳源氏物語』を完成したが、かの女と紫式部との深いふれあいは、すでにこのころから始まっていたのである。

そしてまた、晶子は心中ひそかに、

わがよはひ盛りになれどいまだかの
源氏の君のとひまさぬかな

と、まだ見ぬ「君」に思いをはせてみたりもした。

古典を読み進むかたわら、晶子は新しい雑誌とか新聞とかを取り寄せ、そこに載る近代作家の作品をも愛読していた。のちに晶子は当時を追想して、

「十二三の頃からでしたか、鷗外先生の『柵草紙《しがらみ》』後には『めざまし草』夫《それ》から戸川秋骨様などの『文学界』、紅葉様、露伴様、一葉様などの小説、斯様なものを解らぬながらに拝見するのが一番楽みに存じました。」(「籔柑子」)

とのべているが、「文学界などは堺中で私と今一人しか取ってゐなかった。」(河井酔茗「南窓」)ということのことであるから、この追想は、そのまま当時の晶子の文学への関心の深さと審美眼の確かさを示すものであるといえよう。

はたちの心

しろがねと緑をうらに表にし
二十《はたち》のこころひろがりて行く　―春泥集―

習作のころ

明治三十年、晶子は数え年二十歳となった。この年、妹の里は晶子のすすめにより、京都府立第一高等女学校に入学した。晶子は堺の女学校の出身であったが、補習科まで進んでも家事と裁縫が主であったそこでの貧しい体験を、ふたたび妹にはさせまい、と京都第一高女への進学を強くすすめたのである。兄の秀太郎も、前年東京帝国大学工科を卒業していた。

つぎつぎに、新しい道にふみ出してゆく同胞たちの中で、晶子の唯一の楽しみは忙しい間をさいての読書であった。しかし、晶子の内に芽生え始めた激情は、自らを書物の世界にとどめておくことを許さなくなっていた。かの女は「溜息《ためいき》をつくやうな、また叫び出すやうな、また琴の絃《いと》にかけて弾《ひ》きたいやうな気持」(「私の歌を作る心持」)を、「何かの言葉に現はして見たく」なっていたのである。晶子はいう。

「私は廿歳の頃から歌はずにゐられない色色の感情が内にあって、其れを感興と云ふ衝動に促され、粗末な惜辞に由って歌や詩に書き現してゐるに過ぎないのです。」（「自分の歌に就て」）と。

そんなある春の日、『読売新聞』を見ていた晶子は、

春浅き道灌山の一つ茶屋に
餅食ふ書生袴着けたり

という歌に目をとめた。その歌には、与謝野鉄幹と署名されていた。歌を読み、その「何とも知れぬ新しい気に打たれ」た晶子は、「形式の修飾に構はないで無雑作に率直に詠んでよいのなら」自分にも歌が詠めそうだ、と思ったという。

しかし、当時の晶子の作

小倉山ふもとの里はもみぢ葉の
唐紅《からくれない》のしぐれふるなり

（明治30年12月刊『ちぬの浦百首』所収）

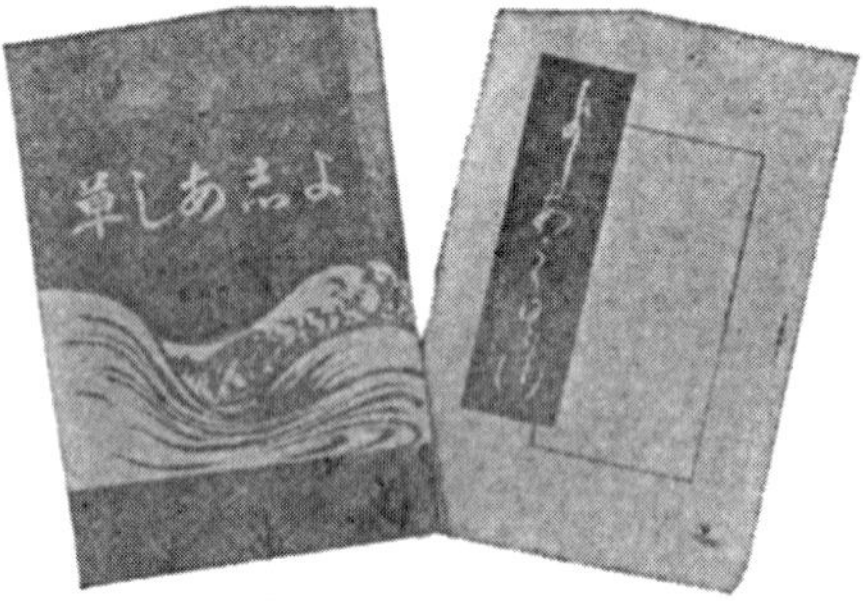
『よしあし草』表紙

には、題材、表現ともに旧派和歌の影響の色が濃く、鉄幹の歌にみられるような「無雑作な率直」さはみられない。

明治二十六年、浅香社を結成した落合直文らにより、口火を切られた和歌革新の運動は、当時、ようやく全国各地に広がり、根づき始めていた。大阪でも、明治三十年、中村春雨、高須梅溪《たかすばいけい》、小林天眠らにより浪華青年文学会が結成され、同年七月から機関誌『よしあし草』が創刊されていた。『よしあし草』はその誌上で、

「天下の青年文士よ、若《も》し関西文壇の扶植に意あらば、若し吾人に寄するの義血俠血あらば、若し文学に忠実なる一片耿々《こうこう》の念慮あらば乞ふ一臂《いっぴ》の力を吝《おし》む勿れ、吾人は門戸を開放して天下の有為なる青年文士を俟《ま》つ、其作物を歓迎す。其玉稿を欣載す。」

と、青年たちに勇ましく呼びかけた。そして、翌三十一年十二月には、堺に、呉服屋の息子河井酔茗、覚応寺の若住職河野鉄南《こうのてつなん》、酒問屋の息子宅雁月《たくがんげつ》らを発起人とする、浪華青年文学会堺支会が結成された。発起人のひとり雁月は、晶子の弟籌三郎の友人でもあった。籌三郎は翌年一月から堺支会の会員として名をつらねるようになったが、それは雁月の勧誘によるものであった。そうした関係もあって、以前からときおり「新聞や雑誌に投稿し」(『みだれ髪攷《こう》』)ていた晶子は、同年二月の『よしあし草』

に鳳小舟のペンネームで、つぎのような詩を発表した。

春月

別れてながき君とわれ
今宵あひ見し嬉しさを
汲《くみ》てもつきぬうま酒に
薄くれなゐの染いでし
君が片頬にびんの毛の
春風ゆるくそよぐかな
たのしからずやこの夕
はるはゆふべの薄雲に
二人のこひもさとる哉
おぼろに匂ふ月のもと
きみ心《ママ》なくほほゑみに
わかき生命やささぐべき

（『よしあし草』十一号）

晶子が文芸雑誌に発表した最初の作である。歌人として知られている晶子の文芸雑誌への登場が、短歌からではなく新体詩からであったということは興味深い。

それからの晶子は、同誌に新体詩とともに短歌も一首二首と投稿するようになった。『よしあし草』に発表した最初の歌は、二年ほど前の「小倉山ふもとの里はもみぢ葉の唐紅のしぐれふるなり」の旧派調からはやや進み出た、つぎのようなものである。

塚

里川の清き調をたえずきゝて
しつかに眠る塚の主やたれ

（『よしあし草』十七号）

以後、『よしあし草』に発表した晶子の作品には、

七夕

今宵こそハイネとふたりわがぬると

友いひこしぬ星合の夜に

春　夕

手すさひの琴の緒きれし此夕
誰としもなく人うらめしき

などの歌にみられるように、わずかではあるが浪漫的色彩があらわれ始めている。なお、この期の晶子は、新体詩には「小舟」の号を多く用い、短歌には「晶子」と署名している。

兄　様

明治三十三年一月三日、『よしあし草』の同人を中心とする関西文学同好者新年大会が、高師の浜の鶴廼家《つるのや》で開かれた。すでに『よしあし草』の同人として活躍していた晶子は、「わざわざ挨拶に」訪れた。当日の参会者は河井酔茗をはじめ、河野鉄南、宅雁月、小林泉舟、辻本秋雨ら二十数名であったが、晶子が顔を見知っていたのは弟の友人である雁月ただひとりであり、他は誌上を通じての知人であった。

晶子は懇親会には出席せずに、挨拶だけで帰ったというが、二十数名の参会者の中で、やさしくいたわってくれた鉄南の印象がよほど強かったのであろう。三日後の一月六日、かの女は鉄南にあてて

「あらぬさまにふとむねうちつぶれ候ひしものから、先輩の方様がたになめげのかず〳〵、さぞな眉ひそ

鉄南あて晶子書簡と晩年の鉄南

め給ひし御事と御わびまでに、たらはぬ筆もてきこえあげ参らせ候。………鉄南様と御名のみ承り居り、日頃は如何ばかりのたけしびとにおはすらむと、御うたにおのゝきをりし身の、女とへだてさせ給はでやさしくいたはり給はる御こゝろに接せし御事、世にもうれしく忘るまじきものゝひとつに数え申すべく候。」

と書き送っている。

青春の日々を、帳場格子の中でのみすごしてきた晶子にとって、活気にみちた文学青年たちとの顔合わせは、ずい分感動的な出来事だったのであろう。その後もかの女は鉄南にあてて、

「私今もかの鶴の家へゆきし時の事をおもひ出す度にはしるのに候。走りて然してわすれむとてに候。」

（三月十五日）

「新年のこと仰せられては、私背より冷たきあせが出奉候。よく〱と、あなた様がた思せしならむ、とはづかしうて〱。」（五月四日）

などと書き送っている。

河野鉄南は、本名を通該といい、堺市九間町東二丁目町の真宗本願寺派の末寺、覚応寺のひとり息子で、当年とって二十七歳の若住職であった。彼は、文学者として身を立てようとは思っていなかったが、仲間たちからは、酔茗に次ぐ才能の持ち主として未来を嘱望されていた。

一月六日の手紙をきっかけに、晶子は鉄南にあてて「新星会」「春光生」などの変名で、「三日にあげず」手紙を送るようになった。そして三月の下旬には、自らの心情を大胆に訴えた、つぎのような手紙を寄せるまでになっていた。

「私まことに御まのあたりに何もかも申上たく候。よしや兄様のしもとみだるゝとも、よろしく候。あなた様、私は誠にくるしきのに候まゝ、うしや、ありし世の御こゝろにて、おわさずとも、たゞ詩の神の子として、このもだゆる少女をあわれと思し、何とぞはやく何とか仰せ被下度《くだされたく》候。二三日も御返事御まち申してもなき時は、私は死ぬべく候。そればかりにてはなく候へども私誠に世がいやになり候。きいてもらひたき事の、かづ〱あるのに候。」

こうして、晶子がはじめて鉄南に手紙を出してから半年あまりが経過した。その間に東京では与謝野鉄幹を主筆とする『明星』が創刊されていた。そして、鉄幹の幼なじみである鉄南を通じて『明星』に投稿を乞われた晶子は、同誌に詩歌を寄せ、また添削にそえた私信を鉄幹からもらうようになっていた。西下を知らせる鉄幹からのたよりを受け取った晶子は、鉄南にあてて、

「この秋、鉄幹さまこちらへお出で遊ばすとき、あふてやらむと仰せられ候が、今よりはづかしきことゝ思居候。その時は、あなた様にもと、今より夢のやうなはかないく〳〵ことを期し居り候。」（六月十三日）

などと書き送っている。鉄幹の西下は予定より早まり、八月はじめとなった。そして八月六日、西下した鉄幹を囲んでの関西青年文学会主催の歌会が高師の浜で開かれた。晶子も無論それに参加した。

その翌日、晶子が鉄南にあてて送った書簡には、つぎのように記されていた。

「昨日は誠に誠に失礼仕候。

私は浜寺へまゐり候へど、ひとしれぬくるしさがあるのに候。……………誠、私は失恋のものに候。かかることは誰様にも申せしことはないのに候へど、昨日はことにそのくるしさ覚えしまゝ情ある君にのみもらすのに候。この間のお手紙に付あることがありしに候。はやすみしことに候へば御心づかひ下されずともよろしく候。されどかたみにきよき心を人しるべくもあらず、いやな世に候。

されば都合よろしき時、私より御文たまはれと申べく候。それまではおまち被下度候。」

今後は、こちらから連絡をするまで、手紙を遠慮してほしいというのが、その文面の大意であった。そして九月、晶子はさらに鉄南にあてて、

「今さらにわれは何申上ぐべくもおはさず候。われはつみの子に候。あなた様のこゝろよきますらをぶりの御文に、われは今何もつつまず申上ぐべく候。かの去月七日出せしわが文と、それよりかの間の何づれ何れとても、われはまことの心にてかきしがわれはつみの子に候。わが名を与謝野様に介し給ひしはあなた様に候。わが今日の名、それにもとづきしに候。また今日のつみの子となりしもそれにもとづきし事に候。何も申まじ、高師の松かげにひとのさゝやきうけしよりのわれは、たゞ夢のごとつみの子になり申候。さとりをひらき給ひし御目にはをかしとおぼすべし。むかしの兄様さらば、君まさきくいませ。あまりこころよき水の如き御こころに感じて。」（九月三十日）

と書いて送った。

晶子の鉄南に寄せた、文学少女めいた「兄に対するような」慕情は、ここに、こうしてピリオドが打たれたのである。

ちなみに、晶子の歌、

やは肌のあつき血汐にふれも見で
さびしからずや道を説く君

の「道を説く君」は、この鉄南を指すともいわれている。

『明星』創刊号（明治33年4月）

『明星』参加

わが国の中期浪漫主義運動の母胎となった雑誌、『明星』が創刊されたのは、明治三十三年四月である。『明星』は、落合直文の門弟与謝野鉄幹が、明治三十二年十一月三日に結成した東京新詩社の機関誌として創刊された文芸雑誌であった。

新詩社の結成に際し、そのもっとも有力な支持者であったのは、雑誌『文庫』歌壇の投稿家と浪華青年文学会の機関誌『よしあし草』の同人たちであった。

『明星』は、創刊号の藤村の「旅情」と、薄田泣菫《すすきだきゅうきん》、蒲原有《かんばらあり》明《あけ》ら青年詩人の新鮮な作品とで、まず注目され、以後、号を重ねるにしたがいその反響は増大し、歌壇に一大旋風をまき起こしていた。新聞型のザラ紙刷りで出発した『明星』であったが、社友もふえ、六号からはしっかりした雑誌型になるという繁昌ぶりだった。『明星』に参加した人々や、その愛読者は、「古人の詩を模倣する」のではなく、「自我の詩を発揮せんとす」という鉄幹の主張と、

「新詩社には社友の交情ありて師弟の関係なし」（「新詩社清規」）

とする方針に、深く共鳴していたのである。主筆の鉄幹は、当時まだ三十歳にも満たぬ青年詩人であった。

鉄幹は、西本願寺派の学僧であった与謝野礼厳《れいごん》を父に、京都で生まれたが、幼いころ大阪住吉の安養寺と

いう寺に養子にもらわれ、堺の高等小学校に通っていたことがあった。鉄幹が養子になったいきさつを、のちに晶子は小説「養子」で、主人公の「明」につぎのように語らせている。

「ねえ、君。初めね、京都で僕が神童だつて云はれて居たことを聞いて、養子にした此の家ではね、十二の僕にね、中学の教師位をさせる目論見《もくろみ》だったのだとさ。滑稽だね。」

また、晶子は当時の鉄幹にふれながら、

「その頃はね、内の店なんかへも入らしつたことがあるつてね、私を知つて居る、髪を下げて居た人だとか云ふ歌を下すつたけれど、まちがひだわね、死んだ姉さんの事なんだらうよ、私は十四五年前にはおたばこぼんに結《ゆ》った狸の様な顔をした子供だつたらうからね。」（「雛栗餅」）

などとも書いている。鉄幹と鉄南とは、寺の子であるという同じような境遇から、そのころからの友人であった。

そんな関係から、晶子は鉄南を通じ、新詩社結成、『明星』創刊のニュースを、いち早く知っていた。けれども「とても私などは社友になる資格も無い」と考えていた晶子にとって、「新詩社へはいることなどは」思いもよらないことであった。

「所が、私は久しく宅の歌を慕つて居りますし、又私の郷里には宅の幼な友達がありまして、私の事は宅にも知れて居りましたから、宅から、突然お友達に托して『歌おくれ晶子のおもと』と申すやうな歌が参りましたものですから、やうやう七つか歌を差出しました。」（「藪柑子」）

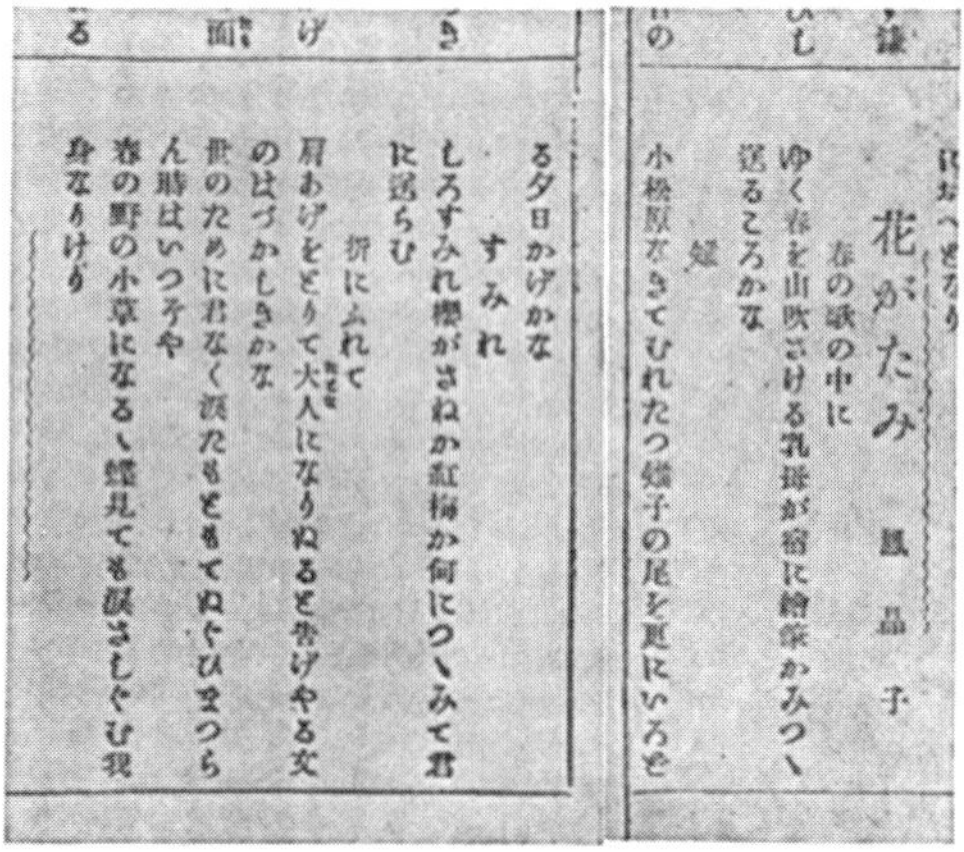
花がたみ　鳳晶子

春の歌の中に

ゆく春を山吹さける乳母が宿に絵草紙かみつゝ送るころかな

姫

小松原たきてひれたつ雉子の尾を夏にいろぞ

る夕日かげかな

すみれ

しろすみれ桜がさねか紅梅か何につゝみて君に送らむ

折にふれて

肩あげをとりて大人になりぬると告げやる文のはづかしきかな

世のためにおなく涙たもとをてぬぐひまつらん時はいつぞや

春の野の小草になるゝ蝶見ても涙さしぐむ我身なりけり

『明星』に初めて掲載された晶子の歌
（明治33年5月）

「宅」とは無論鉄幹のことである。

そして五月、「奮発して」新詩社の社友となった晶子は、

すみれ

しろすみれ桜がさねか紅梅か
何につゝみて君に送らむ

折にふれて

肩あげをとりて大人になりぬると
告げやる文のはづかしきかな

などの六首を「花がたみ」と題し、『明星』第二号に発表、

一方、鉄幹は誌上で晶子を、

「『新星会』は堺市にある新派歌人の団体で、河井酔茗氏が牛耳を執つてゐるが、会員中に妙齢の閨秀で晶子と云ふ人の……」

と社友に紹介した。

こうして晶子は歌人としての道を歩みはじめたのである。

高師の浜

明治三十三年の八月は、晶子にとって記念すべき夏となった。六月なかば、晶子は東京の鉄幹から、八月の初めに西下する旨の手紙を受け取っていた。

そして八月三日、鉄幹は大阪を訪れ、北浜の平井旅館に宿をとった。翌四日、旅館をたずねた晶子は、はじめて鉄幹に会った。そして、やはり鉄幹に教えを乞うていた同じ関西の歌人、山川登美子ともはじめて顔を合わせた。初対面の鉄幹を「少しお坊さんのやうな人だ」と感じたという晶子は、また、その日を、

「その夜の火かげはまぶしかりき、げにその夜は羞《はずか》しかりき、八月四日なり。」(「わすれじ」)

と記している。

六日、晶子は浜寺の寿命館で開かれた、関西青年文学会堺支会主催の歌会に出席した。当日の参会者は鉄幹をはじめ、宅雁月、河野鉄南、大槻月啼、中山梟庵《きょうあん》、高須梅溪、山川登美子らであった。その日、鉄幹は「浴衣《ゆかた》に絽《ろ》の羽織、桜の五つ紋」という、優男《やさおとこ》ぶりであった。寿命館に勢ぞろいした一行は、湯浴みをし、そろいの浴衣に着かえて歌会を催した。「欄干に腰を掛けたる者、床柱に凭《もた》れたる者、膝を組む者、足を投げ出したる者、仰向に寝たる者、腹這ひたる者、扇の妻を繰る者、ハンカチを手習う者」(「高師の浜」)等、それぞれが思い思いの姿勢で歌作にふけった。浜からの風が心地よく入ってくる。自由な雰囲気――、それは、晶子がこれまで一度も味わったことのない、明るいものであった。そこには〝青春〟の熱い息吹きがあった。その日、晶子は鉄幹への感情を、

師とよぶをゆるしたまへな紅させる
口にていかで友といはれん

とうたった。だれかが「あゝきれいだ」と叫ぶ。見ると朱色の夕陽が雲の間から海を染め、波が輝いている。松並木を通して浜風が吹いてくる。とっさに晶子が、

浪に入る夕日ながめておばしまに
鬢の毛からむ浜の松風

と詠んだところ、みなは「遉《さすが》がは感情詩の鳳女史だ」と感心した。だれからともなく下りて行った砂浜に、日はとっぷりと暮れた。けれども、だれも帰ろうとはしない。そんな中で晶子は、「妾が死ねばこの浜です」とつぶやいていた、という。そして、一行は記念にそれぞれが署名し合った扇子を持ち帰ることにして、歌会の幕を閉じた。

この日、晶子の師鉄幹に対する感情はにわかに燃えあがった。晶子はいう。

「思ひも寄らぬ偶然の事から一人の男と相知るに到つて自分の性情は不思議な程激変した。自分は始めて

現実的な恋愛の感情が我身を焦すのを覚えた。」（「私の貞操観」）と。そしてこの直後の『明星』で、晶子は自らの心情を、

「六日、浜寺の松の老木のもとに月を浴びつつ、ワイマルに於けるゲーテーの成功を君に祈れど、かしこに出でて後のゲーテーのなさけにはならひ給ふなと語りし夜よ。」（「わすれじ」）

と美しく伝えた。

家人のきびしい目をぬすみ、晶子は鉄幹の西下中、足繁く鉄幹をたずねた。八日には宿を訪い、九日には住吉神社のあたりで、山川登美子や中山梟庵らと一緒に時をすごした。

「九日、住の江のみやしろ近くに傘かりし夜なり、片袖のぬるるわびしとかこちし夜なり、かたみに蓮の葉に歌かきし夜なり。君、

　神もなほ知らじとおもふなさけをば
　蓮のうき葉のうらに書くかな」（「わすれじ」）

十日、鉄幹は岡山支部の招きに応じ、あわせて一身上の問題をも解決しようと中国地方に旅立っていった。そして十五日、上京の途中ふたたび大阪の地をふんだ鉄幹と晶子は、「ゆめの如き再会」をした。晶子は、思い出多い「松青き高師の浜」で、つぎのように歌っている。

松かげにまたも相見る君とわれ
ゑにしの神をにくしとおぼすな

急　変

『明星』第二号から始まった晶子の投稿は、号を重ねるにしたがい、しだいに歌の数もふえていった。当時、新詩社には晶子のほかに、中浜糸子、山川登美子、林のぶ子らの女流歌人がおり、川上眉山《かわかみびざん》から「『明星』では大分女子の方が気焔を高めて来た様ですね。」（『作家談片』）

晶子（右）と山川登美子

と、評されるほど華やかに妍をきそいあっていた。かの女たちは、晶子が白萩、登美子が白百合というように、それぞれ花にちなんだ雅号を用いていた。そうした中で、晶子の才能は鉄幹の適切な指導のもとに、みごとな開花を示し始めていた。当時の晶子を、平出露花はつぎのように評している。

「落合、佐々木、鉄幹等の諸先輩はさておき、明星雑誌中第一流として、我深く敬服するは妙齢の才女なりといふ鳳晶子の君なり。第二号を見し時既に其しらべの非凡なるを知りぬ。号を追うて歌に接するに従ひ、流麗の調に盛るに深酷奇警の想を以てするを見て、其将来の造詣を想望するや切なり。」（『文芸雑俎』）

また、雑誌『文庫』の同人は、晶子と登美子のふたりを評し、「鉄幹派の手合」は「珍らしい女秀才だと云って称揚《もてはや》」しているが、「鉄幹の悪いところにかぶれて」いるのは惜しいといい、さらにつぎのようにのべている。

「折角世間に注目されるやうになられたからには、御両人とも更に用意を深くして、女性はどこまで奥床しいといふ点を失はれぬやうにやつて貰ひたいものである。」(「同人偶語」)

この前後、晶子の作品は

ゆく春を山吹さける乳母が宿に
絵筆かみつゝ送るころかな　(明33・5)

血汐みななさけに燃ゆるわかき子に
狂ひ死ねよとたまふ御歌か　(明33・9)

病みませるうなじに繊《ほそ》きかひな捲きて
熱にかわける御口を吸はむ　(明33・9)

などの歌にみられるような淡い浪漫主義から、激しい恋情を歌って濃艶な、つぎのような歌に変わっている。

わずか四ヵ月ほどの間に演じられたこの「急変」の原因は、晶子が「現実的な恋愛の感情」を知ったことにあった。鉄幹との恋愛が、当時の晶子の生活と芸術にとって、どんなに大きな意味を持つことであったかを、のちに晶子はつぎのように述懐している。

「歌を作り初めて数箇月の後に、私は主として恋愛を実感する一人の人間となりました。私は恋愛に由って自分の生活に一つの展開を実現したのです。従って私の歌の内容も更に急変しました。………私は自分の歌が我ながら驚く程、私の熱愛の繊細と熾烈《しれつ》と優婉との千姿万態を端的に表現して、千万語にも優る効果を示すことを経験しました。」(『晶子歌話』)

粟田《あわた》の秋

高師の浜の思い出を胸にひめて、晶子は秋を迎えた。京の山々が美しくいろづき始めたころ、徳山の夫人の実家に旅した鉄幹が、帰途ふたたび晶子の前にその姿をあらわした。

十一月五日、鉄幹から京都永観堂の紅葉狩りに誘われた晶子と登美子は、師の君の招きに応じ京へおもむいた。その夜、三人は粟田山の麓の旅館「辻野」に宿をとった。そして、三人の歌詠みが二日行をともにしながら、その際は「歌は一首もよまずに別れ」(鉄幹)た、という。

そのころ、鉄幹は早急に決断をくださなければならない問題をかかえ、苦しんでいた。鉄幹は明治二十二年から三年間、徳山女学校の教師をしていたことがあり、その後上京して落合直文のもとで、和歌革新のために大活躍をしていたが、三十二年の秋、かつての教え子林滝野を妻とした。その際、滝野がひとり娘であったことから、鉄幹は養子として入籍するという約束をしていた。しかし、『明星』創刊以来、次第に名声をはせてきていた鉄幹には、姓を変えようという気持ちはまったく無くなっていた。翌三十三年九月、滝野との間に一児をもうけた鉄幹は、「一人子の相続人である娘の代りに」長男を林家の相続人にしたい、と妻の実家へ交渉に行った。けれども「舅《しゅうと》は承知しない」。鉄幹に「養子になつて来るか娘を返すか」と強く迫り、話合いは物別れとなっていた。暗澹《たん》たる思いを胸中にひめたまま、鉄幹は京に立ち寄ったのである。

　そしてまた、山川登美子には鉄幹以上に切迫した問題があった。登美子は、福井県小浜に士族の娘として生まれ、女学校のころから大阪に住まい、晶子と前後して『明星』に参加し、活躍していた閨秀歌人であった。この登美子に、そのころ郷里で結婚話がもちあがっていた。相手は同族の山川駐七郎という、外交官出身の将来性ある青年であった。両親にとって、娘が『明星』に参加し、華やかな存在となっていることも案じられたのであろう。娘の結婚話に非常に乗り気になっていた父親は、たまたま京都を訪ねていた母親にあてて、至急登美子を連れ戻すように、との一方的な帰国命令をくだした。十月二十六日のことである。しかし、当の登美子には、郷里へ帰って結婚する気持ちなど毛頭なかった。浜寺の歌会以来、登美子の胸中にも、師の君鉄幹の面影が強くやきついていたのである。そのころ登美子は、

　兄ぎみとよばむも神のとがありや
　そのみ使のほしのまな子を

こがね雲ただに二人をこめて捲け
なかのへだてを神もゆるさじ

と、その心情を歌に託している。また、登美子には、

あたらしくひらきましたる詩の道に
君が名讃へ死なむとぞ思ふ

という歌に明らかなように、「詩の道」に対する強い愛着もあった。

けれども、当時は娘の気持ちよりも、親の意向が尊重された時代であった。旧家の娘として生まれ育った登美子にとって、親の意向はそれだけに絶対的なものであった。粟田の宿での話題が、いきおい登美子との別れを哀惜するものになったとしても不思議はない。その夜を、のちに鉄幹は、

「うら若き女詩人の為めに、其の理想を捨てゝ運命の犠牲となるべき不幸を泣き、人と三人相携《たずさ》へて別れを西の京に惜みき」（「木がらし」）

と伝えている。そんな友を、晶子は、

星の子のあまりによわし袂あげて
魔にも鬼にも勝たんといへな

と励ました。そして晶子には、ここに集う三人が、まるで世にうらぶれた「はらから」のようにさえ思えてくるのだった。

三人をば世にうらぶれしはらからと
われまづ云ひぬ西の京の宿

翌六日、「夜明くれば粟田山の木下道、朝霜苔に」白い寒さの中を、三人はそれぞれにさまざまな思いを胸にひめて別れ、発《た》たなければならなかった。

いはずきかずただうなづきて別れけり
その日は六日二人と一人

このもの悲しい思い出を、晶子は『明星』に美文「朝寝髪」（明33・11）、新体詩「朝がすみ」（明34・2）として発表している。

十一月中旬、晶子は結婚のため明日帰郷するという登美子の訪問を受けた。

「しろ百合の君けふとひ給ひき。あす帰国したまふとなり。いま別れ申しき。――プラットホームほどいやなところはなしと云ひしその秋は三人にておはせしよ。けふは高髷にて、いとどねびまさり給ひしやう。うつくしくおはしき。おなじ姿にて百合もち給ふ写真もたらし給ひし。また逢へるやうな逢はれぬやうなプラットホームを、ひとり南へかへる時の風は寒くおはしき。」（「絵はがき」）

心にそまぬ結婚のため、すべてを諦めて帰郷する登美子の心境は、登美子の、

それとなく紅き花みな友にゆづり
そむきて泣きて忘れ草つむ

の一首によくあらわれていよう。

粟田山の秋は、こうして三人三様「互に忘れ難き秋」となったのである。

君が歌に袖かみし子を誰と知る
浪速の宿は秋寒かりき

むねの清水あふれてつひに濁りけり
君も罪の子われも罪の子

狂ひの子

思い出多い秋も過ぎ、三十三年は暮れていった。明けて三十四年の新春、新詩社神戸支部と関西文学会の共催する文学同好者大会が神戸で開かれた。鉄幹も東京からはせ参じた。一月六日のことである。

そして九日、鉄幹と晶子とは、思い出多い粟田の宿で落ちあい、二泊三日の時を過ごした。ふたりだけであることが、去年の秋と違っていた。

乱れ髪を京の島田にかへし朝
臥していませの君ゆりおこす

いつの春か紅梅さける京の宿に
わかき師の君うつくしと見し

鶯に朝さむからぬ京の山
おち椿ふむ人むつまじき

去年の秋、鉄幹と登美子の胸中には、さまざまな思いが交錯していた。今春の粟田では、晶子の胸中に複雑な影があった。同じような思いを師の君に寄せていた登美子は郷里へ帰り、すでに結婚していた。晶子は、鉄幹とふたりだけの時をすごしながらも、ともに『明星』に参加したころから、姉妹のようにむつみあってきた登美子の身の上を思わないわけにはいかなかった。

かのそらよわかさは北よわれのせて
ゆく雲なきか西の京の山

その上、どんなに思いを寄せてみても、鉄幹は妻子ある身であった。晶子は、あくまでも隠れた存在でなければならなかった。自らの場を「こもり妻」と規定した晶子は、その悲しみを、

人にそひて樒《しきみ》ささぐるこもり妻
母なる君を御墓に泣きぬ

と詠んでいる。

鉄幹と別れた後、晶子の師への思いは一層つのった。けれども、晶子は鉄幹に宛てて、つぎのような歌を寄せたこともあった。

君さらば巫山《ふざん》の春のひと夜妻
またの世までは忘れゐたまへ

高師の浜以来、見違えるばかりに激しい情熱を示すようになっていた晶子の歌は、この粟田の春をきっかけに、煩悶する心のうちを直截《せつ》に歌う、より激しいものに変わっていった。

道を云はず後をおもはず名を問はず
ここに恋ひ恋ふ君と我れと見る

乳ぶさおさへ神秘のとばりそとけりぬ
ここなる花の紅《くれなゐ》ぞ濃き

春みじかし何に不滅の命ぞと
ちからある乳を手にさぐらせぬ

胸のうちは苦しかった。けれどもそれは、かつての帳場格子の中での暗く抑圧されたものとは違っていた。苦しくとも、そこには生きているという〃あかし〃があった。晶子には、世の中のものみなが、すべて美しく輝いているかのように感じられる時もあった。

清水へ祇園《ぎおん》をよぎる桜月夜
こよひ逢ふ人みなうつくしき

春の宵をちひさく撞《つ》きて鐘を下りぬ
二十七段堂のきざはし

「にがい」春と「美しい」春が、晶子の胸中で交錯し始めていたのである。

一方、東京の鉄幹は、妻滝野が「子を連れて実家へ」帰ったり、「文壇照魔鏡」事件が起こったりして、内外ともに気の重い日々を過ごしていた。「文壇照魔鏡」とは、当時名声をはせていた鉄幹を、「架空の人物」が徹底的に個人攻撃した事件であった。そんな中で、鉄幹は歌集『紫』を刊行した。『紫』は、それまで『東西南北』や『天地玄黄』『鉄幹子』などの歌集で、ますらをぶりをいかんなく発揮していた鉄幹が、美しく華やかな情熱の燃焼を示した、記念碑的な歌集である。そこで鉄幹は、自らを

　われ男《を》の子意気の子名の子つるぎの子
　詩の子恋《こ》の子あゝもだえの子

と詠んでいる。急激な変化は、晶子のみにはとどまらなかったのである。

粟田山の春も暮れ、新緑のころも過ぎた。そして、初夏、晶子は鉄幹に宛てた、

「あすにならばなほくるしくなり候べし。よくもわれ、かくて二月三月四月五月あられしこと。……一日もはやく。まことくるしくて〳〵。」（六月一日）

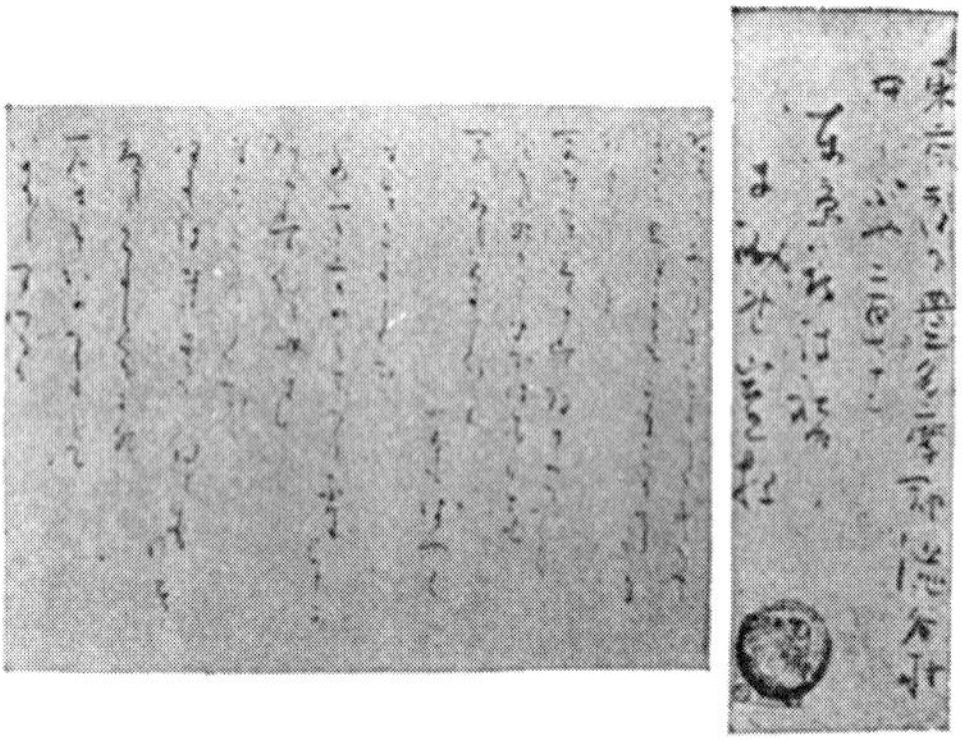

鉄幹あて晶子書簡（明治34年6月1日付）

という手紙を最後に、東京の鉄幹のもとへ走った。

くろ髪の千すぢの髪のみだれ髪
かつおもひみだれおもひみだるる

二十二はしからず三と四となれば
捨身となりて今日をつくりぬ

などの歌は、そのころの晶子の切迫した心情をよく伝えていよう。親を捨て、思う人のもとに走る晶子の心は軽かった。

狂ひの子われに焔の翅《はね》かろき
百三十里あわただしの旅

おごりの春

——『明星』のころ——

その子二十《はたち》櫛にながるる黒髪の
おごりの春のうつくしきかな

—みだれ髪—

渋谷村

生家を捨てて上京した晶子は、東京府下渋谷村字中渋谷二百七十二番地に住んでいた鉄幹のもとに落ち着いた。「渋谷停車場より三町」ほどのところにあったこの家は、鉄幹により

栗の花水に散る
渋谷の村の真昼
ひくき茅籬《まがき》の下《もと》
鶏飼ふ家の東

—「赤裸裸歌」—

とうたわれた家で、借家ではあったが庭には大きな柿の木もあり、「八畳、六畳、六畳、三畳、三畳」という間取りの、かなり広い家だった。

渋谷の家には、鉄幹のほかに滝野に仕えてきた婆やがいた。「先妻と同国産れの四十余りの目の恐い婆や」であった。「婆やは渋谷の新居に先妻の来て居たことを」晶子に話し、「中のよい御夫婦であつた」といい、最後に「奥様は貴女よりも背が高くて立派だつたと云つて心地よげに笑つた。」（「親子」）。ただ一途に鉄幹を信頼して上京した晶子にとって、この先妻びいきの婆やと暮らすことは苦痛であった。晶子は、しばしば鉄幹に「婆やを帰すことを」嘆願したという。

六月十六日、新詩社の茶話会が渋谷の家で催され、晶子は社友の面々と始めて顔を合わせた。当日のもようを鉄幹は、『明星』で、

「来会者は林外、晶子、呵軒、蝶郎、砕雨、紫袖、蘆江、橘村、雪彦、汀舟、鶴林、紫芳の十二人に候ひし。」（「社告」）

と伝え、あわせて社友に、

「鳳晶子氏留学のため上京せられ候。」

とも告げている。

茶話会に出席した社友連は、「思ひがけなき白萩女史」の参会を驚きもし、喜びもした。華やいだ雰囲気であった。親には背いたが、詩歌への道を選んだことはまちがいではなかった、という思いが、晶子の胸中

を去来した。同じ道に生きようとする人たちの熱気に、晶子の詩歌への情熱は一段とかき立てられたにちがいない。晶子は誰はばかるところなく、青春を謳歌し、讃美した歌を詠んだ。

いとせめてもゆるがままにもえしめよ
斯くぞ覚ゆる暮れてゆく春

きけな神恋はすみれのむらさきに
夕の春の讃嘆のこゑ

金色《こんじき》の翅《はね》ある童《わらわ》つつじ啣《くわ》へ
小舟こぎくる美しき川

こうして、ささやかではあったがふたりの新生活が始まった。けれども、周囲には婆やの鋭い目があり、新詩社内にも、ふたりが同棲することは「鉄幹のためにも晶子のためにも良くない」と噂する人もいた。そして、そのもっとも強硬な反対者は兄の秀太郎であった。秀太郎と晶子とは、この時を機に絶縁状態に陥り、以後、それは生涯つづいたのである。

新婚当時の与謝野夫妻

ふたりが正式に結婚式をあげたのは、この年八月のことであった。それは木村鷹太郎を仲人とした、極めて質素な「型ばかりの婚礼の式」であった。堺の両親は「箪笥二棹に一通りの婚礼の道具」を送り届けてくれた、という。

処女出版

『明星』につぎのような社告が載ったのは、晶子が上京する直前の、明治三十四年五月のことである。

「鳳晶子氏の詩集『みだれ髪』は、藤島武二氏の挿画を得て、来る七月下旬に本社より発行致すべく、体裁等は目下意匠中に候。」

『みだれ髪』は、以前から晶子の歌才に目をつけていた鉄幹が、それまでの晶子の作品を一冊にまとめようとするものであった。翌月、晶子は故郷を捨てて上京したが、その晶子が意地の悪い婆やに対抗しかねているのを見るにつけ、鉄幹は心の中で、晶子上京の記念のためにも刊行を遅らせたくはない、と思っていた。けれども『みだれ髪』は、「印刷製本の都合上」発行が遅れ、ようやく八月十五日、刊行の運びとなった。その間の経緯を鉄幹は、

「製本の体裁も亦意匠を変更致し候ため、小生の『紫』などの遠く及ばざるものと相成り候は、出版物の一進歩と存ぜられ候。」（「社告」）

と伝えている。

『みだれ髪』は、最初、鉄幹の歌集『紫』と同じ形（菊半裁判）にし、リボンだけ紫からピンクに変えるつもりであったというが、実際には三六判の、細長くしゃれた形の本になった。

また、藤島武二の装幀になる、地の色は紅に、緑の線でふちどった大きなハートを一本の矢がつらぬき、矢じりからは赤い線が流れ出て、三輪の小花が開いている、という表紙も、浪漫的な色彩の濃いものであった。この表紙の緑の線は黒髪を意味し、「矢の根より吹き出でたる」花は「詩」を象徴するものであった、という。

『みだれ髪』に収められた三百九十九首の作品は、そのどれもが、溢れるような青春の情趣を美しく、また誇らかに歌いあげた歌だった。それは、ある時は、

清水へ祇園をよぎる桜月夜
こよひ逢ふ人みな美しき

という、純化され美化された世界として定着し、時には、

罪おほき男こらせと肌きよく
　黒髪ながくつくられし我れ

という、ナルシスティックな歌となって現われた。そして、さらにそれは、抑圧された人間性の解放を力強く呼びかけた、つぎのような歌ともなった。

やは肌のあつき血汐にふれも見で
　さびしからずや道を説く君

あらゆる分野に、封建的な思想や道徳観が、まだ根強く滲透していた明治三十年代のことである。『みだれ髪』に寄せられた世評は、それだけに「甲是乙非、誠に騒然たるもの」（鉄幹）であった。いわゆる批評家のなかには、強い非難の声を放った者も少なくなかった。

「道徳は世の以て成立する所、道徳頽廃せば天下何によりて少時も維持する事を得ん………此一書は既に猥行醜態を記したる所多し人心に害あり世教に毒あるものと判定するに憚らざるなり。」（「歌集総まくり」・『心の華』）

とまで極論する者もあった。けれども、当時の青年子女の多くは『みだれ髪』の支持者であった。自分たちと同じ世代に属するこの女流歌人の作品集によって、抑圧された青春や自我の覚醒を激しく鼓吹された彼らは、それに対し、賞讃の声をあげて惜しまなかった。彼らのひとりは『明星』にその胸中をつぎのように書き送っている。

「『みだれ髪』うつくしと申すもおろかにて候かな。『紫』と共に携へまゐりて、打誦《ず》しては若き血潮の胸ゆらぎ申し候。」（「こほろぎ」）

こうした「騒然たる」世評に対し、当の晶子の示した姿勢がどんなものであったかは、自らを「太陽の子」と自負した、かの女のつぎのような詩からうかがえよう。

我を値踏す、かの人ら。
げに買はるべき我ならめ、
かの太陽に値のあらば。

―「批評」―

新生活

″おごりの春″は『みだれ髪』の刊行、そして木村鷹太郎の媒妁による結婚で、そろそろ秋を迎えようとしていた。そのころ鉄幹夫妻は、以前、鉄幹が「渋谷停車場より三町」と伝えた家から、やや渋谷駅に近い高台へ転居した。新居のもようを、鉄幹は『明星』で、

「このたび移りし渋谷の新居は高き土地の木立多く、この日頃朝毎に二合三合の落栗拾はれ候に、京の北山に栖《す》みし幼な時代も追憶《しの》ばれ後ろの蕎麦《そば》畑より宮益《みやます》の坂ゆく人、青山の家竝《やなみ》など望まれて、里居と云ふよりは山居の心地致し候。」（「過渡期」）

と伝え、その周囲の静かなたたずまいを、のちに馬場孤蝶は、

「坂（宮益坂）は両側が生垣になつてゐて、僅かに五六間幅ぐらいな路であつたやうな気がする。坂の下の踏み切りを越えると、両側は水田であつたやうに思ふ。全く広重などの絵にありさうな地景であつた。道玄坂へとあがつて行くと、坂がいはばおでこの額のやうに高くなつて居るあたりの左の方に狭い横町があつて、それへと曲つて、与謝野君の家へ達するのであつた。」（『明治の東京』）

と回想している。

この渋谷の家が、『明星』の社友たちのサロンとなった家であり、このサロンを中心に『明星』は全盛期を迎えた。明治三十五年十一月、初めて新詩社を訪れた石川啄木は、

「里路の屈曲多きを辿ることやや暫らく青桐の籬《まがき》に沿うて西に上り詩堂に入る。」（『啄木日記』）

と、渋谷駅からこの家までの道順を伝えている。希望に燃えた青年たちの訪問が相次ぐ中で、晶子の歌才はますます輝きを増していった。

しかし、その実生活は決して恵まれたものではなかった。三十五年の夏、病に臥す鉄幹を訪ねた同人のひとり藤村紫翠は、その困窮した私生活を、つぎのように伝えている。

「聞けば三年以前に一たび『明星』を発行せられて以来は、殆ど一枚の時服も作らず酒食の交際は一切謝絶して、身のまはりの質素と云へば実に之を形容するに忍びない。薪炭の費どころでは無い、一箇月に幾回か湯銭にも事を欠かるると云へば、目撃せぬ地方の人などに之を信ずる者は有るまいと思ふ。」(「鉄幹子を訪ふ」)

そのためであろうか、鉄幹は三十五年二月には、青少年向きの投書文芸雑誌『少詩人』を創刊、定価も『明星』の十七銭に対し十銭とし、多くの読者を吸収しようとした。しかし、この企画も長くはつづかず、まもなく廃刊となった。

晶子は、気持ちだけは、

こきむらさきの杜若《かきつばた》
採ろと水際《みぎわ》につくばんで
濡れた袂をしぼる身は
ふと小娘の気に返る。

男の机に倚《よ》り掛り
男の遣《つか》ふペンを執り

男のするように字を書けば
また初恋の気に返る
―「渋谷にて」―

と、いかにも新婚生活らしく、初初《うい》しいものを持ちつづけていたが、実際の生活は、決してそんなに甘美なものではなかったのである。娘時代から家計のやりくりに苦心してきた晶子ではあったが、そのころの苦しさには、何といってもまだ余裕があった。周囲の冷たい目にも屈せず獲得した妻の座は、まさしく切りつめた上にも切りつめねばならぬ貧しさの連続であった。

そんな中で、晶子は明治三十五年十一月、母となった。はじめての男の子は、上田敏によって「光《ひかる》」と名づけられた。晶子は男児誕生のよろこびを、

白虹《びやくこう》の秋の日をさす眼は父に
春のうれひの母おびし眉

とうたっている。

長男誕生を喜ぶ一方、翌三十六年、晶子は二つの大きな悲しみに遭遇しなければならなかった。その一つは父宗七死去の知らせであり、他の一つは夫鉄幹の師である、落合直文のそれであった。父は三十六年十月

に脳溢血で急死した。急を聞いて帰国した晶子は、父の死に目にも会えなかった。晶子はその悲しみを

父ぞ来ます御列むかふる秋の寺
つめたき都の敷瓦かな

と詠み、変わらぬ兄の冷たい態度の前に父をしのぶわが身を、

おもひ子は名しらぬ罪を兄に負ひ
御棺遠き中の間に眠《ぬ》る

とよんでいる。また、直文の死は同年十二月のことであった。その死を悲しんで、晶子はつぎのような挽歌をよせている。

東海寺牡丹の庭に見て泣きぬ
すでに病ませし偉なるおん方

地の百日わが目わが師をえうつさず

戸に立ちとへど野にきて呼べど

夫の師は晶子にとっても敬慕する人であり、前年の春には、夫とともに師直文と品川東海寺に遊んだこともあったのである。

三十七年五月、与謝野家は中渋谷三百四十一番地に越した。渋谷村で「三遷した」のである。この前後を新詩社の渋谷時代とよぶが、そのころ、同人となったおもな人々は、高村光太郎、水野蝶郎、金田一京助、平山蘆江、窪田通治、相馬御風、平野万里、茅野蕭々、石川啄木らであった、とのちに長男の光は「母・晶子の思い出」で伝えている。そして七月には次男が誕生、薄田泣菫によって「秀《しげる》」と命名された。秀の誕生を晶子は、

欠くる期《ご》なき盈《み》つる期《ご》あらぬあめつちに
在りて老いよと汝もつくられぬ

とうたい、また翌々年七月の『明星』には、「産屋日記」と題する当時の日記を発表している。

この前後、与謝野家の実生活はますますきびしくなる一方であった。しかしその苦しさも、晶子の旺盛な創作意欲の前には、大した支障にはならなかった。晶子は、三十七年一月には第二歌集『小扇』を、同年五月には夫鉄幹との合著『毒草』を刊行している。

まことの心

堺の駿河屋では、当主宗七の死去にともない、弟籌三郎がその跡を継いだ。兄の秀太郎は、東京帝国大学工科大学を卒業した翌年助教授となり、その後一時アメリカに留学したりした学者肌の人で、父の宗七も早くから、この秀太郎よりも弟の籌三郎に家業を継がせたい、と考えていた。そうした宗七の生前の意向をもいれ、籌三郎が駿河屋を継ぐことになったのである。

籌三郎は、かつて浪華青年文学会に属し、歌をよんだりしたこともあったが、「一本気で昂奮しやすい性格」の人であった。この弟も、明治三十六年夏、結婚していた。

翌明治三十七年二月、日本はロシアに対し宣戦を布告、ここに日露戦争が始まった。この前年あたりから国内には幸徳秋水、堺利彦、内村鑑三らによる非戦論もあった。けれども戦争の余波は駿河屋にも容赦なく押し寄せ、妻せいの初産をひかえていた籌三郎が召集され、旅順に向かった。「万一の時の後の事などもけなげに申し」、新妻と母とを残してあわただしく出征していった弟の心境を思いやって、晶子は、

『小扇』表紙

「おせいさんは少しならず思ひくづをれ候すがたしるく、わかき人をおきて出でし旅順の弟の、たび〳〵帰りて慰めくれと申しこし候は、母よりも第一にこの新妻の上と、私見るから涙さしぐみ候。弟、私へはあのやうにしげ〳〵と

晩年の弟籌三郎

申し参りしに、宅へはこの人へも母へも余り文おくらぬ様子に候。思へば弟の心ひとしほあはれに候て。」（「ひらきぶみ」）

とつづっている。残された母と若い義妹の身の上を思うたび、晶子の心中は波立った。弟が、家に手紙を寄せない心強さなどは父によく似ている。そして、堺の街中で、亡き父ほど天皇を思い、敬った人は無かったようにも思われた。しかしながら、「亡き父は、末の男の子に、なさけ知らぬけものの如き人に成れ、人を殺せ、死ぬるやうな所へ行くを好め」と教えはしなかった。晶子は弟を思い、家を思うたびに、弟よ、どうか早まったことをしてくれるな、と祈らずにはいられなかった。そうした気持ちを晶子は、「君死にたまふことなかれ」と、素直に詩にうたった。

あゝをとうとよ君を泣く
君死にたまふことなかれ
末に生れし君なれば
親のなさけはまさりしも
親は刃《やいば》をにぎらせて
人を殺せとをしへしや

人を殺して死ねよとて
二十四までをそだてしや

堺の街のあきびとの
旧家をほこるあるじにて
親の名を継ぐ君なれば
君死にたまふことなかれ

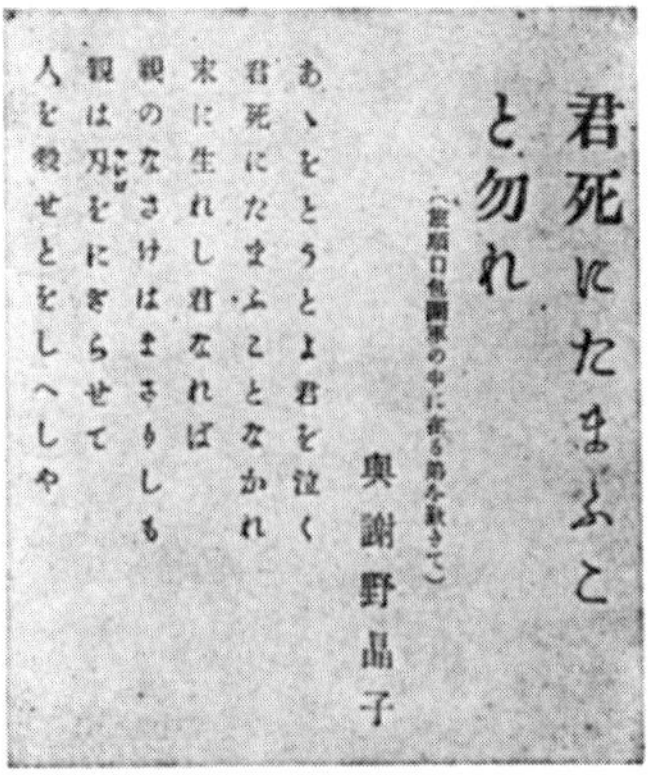
君死にたまふこと勿れ
（旅順口包囲軍の中に在る弟を歎きて）
與謝野晶子

あゝをとうとよ君を泣く
君死にたまふことなかれ
末に生れし君なれば
親のなさけはまさりしも
親は刃をにぎらせて
人を殺せとをしへしや

『明星』掲載の「君死にたまふこと勿れ」（明治37年9月）

旅順の城はほろぶとも
ほろびずとても何事か
君知るべきやあきびとの
家のおきてに無かりけり

君死にたまふことなかれ
すめらみことは戦ひに
おほみづからは出でまさね
かたみに人の血を流し

獣の道に死ねよとは
死ぬるを人のほまれとは
大みこゝろの深ければ
もとよりいかで思されむ

あゝをとうとよ戦ひに
君死にたまふことなかれ
すぎにし秋を父ぎみに
おくれたまへる母ぎみは
なげきの中にいたましく
わが子を召され家を守《も》り
安《やす》しと聞ける大御代も
母のしら髪はまさりけり

暖簾《のれん》のかげに伏して泣く
あえかにわかき新妻《にひづま》を

君わするるや思へるや
十月《とつき》も添はでわかれたる
少女ごころを思ひみよ
この世ひとりの君ならで
あゝまた誰をたのむべき
君死にたまふことなかれ

晶子にとって、この詩は真実の叫び以外の何物でもなかった。けれども、この詩が『明星』九月号に発表されるや否や、思いがけない攻撃の矢がかの女に向かって放たれた。雑誌『太陽』では、大町桂月がこの詩を
「国家観念を藐視《びょうし》にしたる危険なる思想の発現なり。」（明37・10）
と難じ、のちには、さらに、
「日本国民として許すべからざる悪口也、毒舌也、不敬也、危険也。」（明38・1）
と断じ、作者の晶子を、
「乱臣也、賊子也、国家の刑罰を加ふべき罪人なり。」（明38・1）
とまで罵倒した。この桂月をはじめとし、反戦詩人晶子を糾弾《きゅうだん》する声は激しく強大であった。
意外な結果に驚き、面くらいながらも、晶子には「まことの心」を歌ったという、強い自負の念があった。

その間にあって、晶子は三十七年十一月の『明星』で桂月の非難に答えながら、それの母胎になった当時の風潮にふれて、

「私が『君死に給ふこと勿れ』と歌ひ候こと、桂月様太相《たいそう》危険なる思想と仰せられ候へど、当節のやうに死ねよ〳〵と申し候こと、又なにごとにも忠君愛国などの文字や、畏《おそれ》おほき教育御勅語などを引きて論ずることの流行は、この方却て危険と申すものに候はずや。」(「ひらきぶみ」)

といい、さらにつぎのようにのべて自らの芸術に対する見解を明らかにしている。

「歌は歌に候。歌よみならひ候からには、私どうぞ後の人に笑はれぬ、まことの心を歌ひおきたく候。まことの心うたはぬ歌に、何のねうちか候べき。まことの歌や文や作らぬ人に、何の見どころ候べき。長き長き年月の後まで動かぬかはらぬまことのなさけ、まことの道理に私あこがれ候心もち居るかと思ひ候。この心を歌に述べ候ことは、桂月様お許し下されたく候。………私思ひ候に、『無事で帰れ、気を附けよ、万歳』と申し候は、やがて私のつたなき歌の『君死に給ふこと勿れ』と申すことにて候はずや。」(「ひらきぶみ」)

なお、この期の反戦詩には、ほかに大塚甲山の「今はの写し絵」(明37・7)や、大塚楠緒子《くすおこ》の「お百度詣」(明38・1)などがある。

千駄ケ谷時代

『恋衣』が本郷書院から刊行されたのは、明治三十八年一月のことである。『恋衣』は、晶子、山川登美子、増田雅子の歌三百九十二首に、晶子の詩六編を併せ収めた歌集で、晶

子にとっては『みだれ髪』『小扇』『毒草』につぐ第四歌集であった。この歌集に収められた晶子の歌には、つぎのように主観的な浪漫的情趣に富むものが多い。

鎌倉や御仏《みほとけ》なれど釈迦牟尼《しゃかむに》は
美男《びなん》におはす夏木立かな

金色《こんじき》のちひさき鳥のかたちして
銀杏《いちょう》ちるなり夕日の岡に

ともに人口に膾炙《かいしゃ》した歌である。また、『恋衣』で注目されるのは、当時まだ論難の止んではいなかった、長詩「君死にたまふことなかれ」を採録していることである。このことは晶子の、論難者に対する無言の解答ともいえようし、芸術に対する強い決意を示したものとみることもできよう。

そのころ、登美子と雅子は日本女子大学に在学していた。大阪から「断然意を決して」上京した雅子は国文科の、登美子は英文科の一年生であった。登美子が別れを惜しみながら帰郷し、「意に染まぬ」結婚をしたのは、四年ほど前の冬のことであったが、その後まもなく夫と死別したかの女は、明治三十七年、寡婦として新生面を開拓しようと、女子大に入学したのである。登美子と雅子は、上京後しばしば与謝野家を訪れ、語り合った。『恋衣』はこの三人の親交の中から生まれ出た歌集であった。

明治三十七年の秋、与謝野家は渋谷村から千駄ケ谷村大通五百四十九番地の、小さな南向きの家に転居した。そしてこの家は、渋谷時代にひきつづき社友たちの「憩いの場」となった。登美子や雅子を加えて、その雰囲気はいっそう華やいだものになっていった。その華やかなつどいを、石川啄木は親友金田一京助にあてて、つぎのように伝えている。

「一昨五日は新詩社の新年会、めづらしくも上田敏、馬場孤蝶、蒲原有明、石井柏亭などの面々も出席、女子大学よりは、『恋衣』の山川登美子増田まさ子のお二方見え候ひき。早天より終日気焔の共進会と云つた様な痛快のあつまりにて、又文壇への謀反《むほん》も二つ三つ共議にて上り申候。合計にて二十七八名も有之候。………夜に入りて大方は散会、残ったる主人夫妻と山川増田の二女史、蒼梧、万里、茅野蕭々と小生八人にて徹宵吟会を催し、皆々多少作有之候ひしが、小生は十六行の一詩と外に未完の詩一章を得申候。但二時頃より、終日舌戦の労ありたるためか、蕭々先づたふれ、主人たふれ、蒼梧たふれ、隣室の秀様泣き出したるに晶子女史も座を立たれて、残れるは四人、それに一時間許りは息《いこ》ひ申候。……」（明治三十八年一月七日）

また、与謝野家のサロンでは、このころ「百首歌」会も行なわれた。社友たちは、しばしば夜を徹して百首の歌を詠んだ。そのもようを、吉井勇は、

夜をこめて百首の歌をつくらむと
競《きそ》ひし頃を忘らるべしや

おのもおのも歌推敲《うたすいこう》に身も痩《や》せて
われらの苦行ここにはじまる

と伝えている。

この前後の晶子は、のちに、

「歌の三昧に入ってしまふと、何事も忘れることの出来た幸福な時代」（「与謝野晶子集の後に」）と語っているように、きわめて意欲的な作歌活動をつづけていた。三十九年には『舞姫』（一月）、『夢の華』（九月）と二冊の歌集を刊行、四十一年には歌集『常夏』を刊行している。

『明星』終刊

「さて、いよいよ大肝癪《かんしゃく》一件についておはなしすべき時がきました。もうまるで立派なドラマです。そしてそのなかの立役者になって新時代の青年のために大反抗の揚火をあげたかと思うと、涙がながれます。爆裂弾です。」

北原白秋が、親友高田浩雲に宛てた手紙の一節である。

明治四十一年、『明星』は十年に近い足跡を残し、多くの優秀な詩人、歌人を育ててきた。しかし『明星』に結集した青年詩人たちの間には、「一人が火をつければ忽ち燃え上るに」ちがいない不満がくすぶっていた。その理由の一端を、白秋はさきの手紙でつぎのようにのべている。

「僕等は後進だとおもうからこそ世間に対しても新詩社—与謝野氏に対しては出来るだけ謙遜に謙遜していました。少々は気に入らぬことがあっても、なるべく善意に解決しようしようとしていました。しかし屈譲は断然僕には出来ません。既に与謝野氏が文芸に対して不真摯《しんし》で軽薄で後進の詩をそのまま盗んで徒《いたずら》に虚名ばかし高くなるということを痛切にみとめた以上は、新詩社にいることを潔《いさぎよ》しとせない。」

そうした寛に対し、強い不信感を抱いていたのは、白秋ばかりではなかった。同人のひとり吉井勇も、白秋の指摘にふれて「与謝野鉄幹のやり方は、〃盗作〃というより〃吸収〃と表現した方がよいと思う。」とのべたあと、さらにそれよりも大きな不満は、「鉄幹が『明星』の同人に他誌への発表を禁じた」ことで、それは「発表意欲にもえていた当時の若い私らにとって、たえられないことだった。」と語っている。

その上文壇では、明治三十九年に藤村の『破戒』が刊行され、翌四十年には花袋の「蒲団」が発表されるなど自然主義が抬頭していた。明治三十八年、鉄幹がそれまでの号「鉄幹」を、本名の「寛」に改めたのも、何とかして新生面を開こうとする意欲のあらわれにほかならなかった。けれども、そうした新しい息吹きの前にあっては、新詩社風の浪漫主義もかつての華やかさを取り戻すことは難しかった。新詩社は内と外から激しくゆすぶられ始めていたのである。

明治四十一年一月十一日、まだ正月気分の抜けないころ、神楽坂下の「紀之善」という鮨屋に、新詩社の同人である北原白秋、吉井勇、木下杢太郎《もくたろう》、深井天川、秋庭俊彦、長田秀雄、長田幹彦の七人が集まった。てこで彼らは、「新詩社というような団体を結成していては、成長の見込みがない。だからここで分裂して自由な天地へ泳ぎ出よう」と決定した。

その翌々日の十三日の夜、与謝野夫妻は千駄ヶ谷の「板羽目のどきどきした」家に、七人の訪問を受けた。「ただならぬ気配を感じた」寛は、眉の間に不安の色を浮かべながら、七人を居間に通した。ちょうどそこへ入って来た長男の光が、皆の顔色をみてとって泣き出すと、寛は「こんな事で泣くか」とどなりつけた。それは「往年の朝鮮時代の鉄幹」を思わせる、実に恐ろしい顔であった、という。寛が座につくと白秋が、

「きょうは真面目なお話であがりました。実は僕らは退社したいと思いますから、御承知を願います」

と切り出した。

「どうして」

「僕らは独立したいんです。実際文壇に結社の必要はありませんからね」

と白秋。

こんなやりとりがあってのち、寛は新詩社を解散すると言った。木下杢太郎は「新詩社を解散するなら異議はない」といい出した。しかし、白秋たちは「『解散とこれとは別問題です』と切り返し、やっと逃がれてドヤドヤと」外へ出た。七人の中でも「味噌ッ滓《かす》」でついて行った長田幹彦は、寛の居間にある、座敷半

『明星』終刊号(明治41年11月)

分もあるような大きな木製の寝台の「隅の方へすっこんで小さく」なりながら、「事件の推移を固唾をのんでみていた」(『青春時代』)という。

彼ら七人の脱退によって、新詩社で与謝野夫妻を助ける幹部は、平野万里と茅野蕭々を数えるのみとなり、その後もひとり、ふたりと脱退する者はつづき、『明星』の衰勢はおおうべくもなかった。

『明星』で育ち、『明星』から離れて行く若者たちをみながら、寛はその心境を、

わが雛はみな鳥となり飛び去んぬ
うつろの籠のさびしきかなや

と詠んでいる。

明治四十一年十一月、『明星』はついに百号を以て終刊した。寛はその終刊号でつぎのようにのべている。

「わが『明星』は本号を以て壱百号に満ち、記念として此の大冊を出すに到りぬ。
顧ふに、創刊以来の歳月は短しと云ふ可からず、此の間に於て『明星』の経営に数次の波瀾あり、予また

多少の酸味を誉めたりと雖《いえども》、雑誌本来の主張を支持し、新詩の開拓と、泰西文芸の移植と、兼ねて版画の推奨とを以て終始し得たるは、先輩諸先生、畏友諸君、読者諸氏、及び、社中同人諸君が熱烈なる助成の賚《たまもの》として、茲《ここ》に深く感謝を表する所なり。…………本号を以て『明星』を廃刊せむとするに、二の所因あり。経費の償《つぐな》はざること一、予が之に要する心労を自己の修養に移さむとすること一。………」(「感謝の辞」)

『明星』が華やかな過去をもつ雑誌であっただけに、与謝野夫妻の失望も強く激しかった。失意の夫、寛が、

世のこころわれを離《さか》るもわれひとり
師に背かぬを慰めとする

と、自らを慰めているかたわらで、かつては、『明星』にクイーンとして君臨し、名声をほしいままにした晶子も、今は、自分たち夫婦が「あはれなる」男女にしか思えなくなってきていた。

沙原《すなはら》に投げ出されしあはれなる
男とぞ思ふ女とぞおもふ

動揺

『明星』が十年に近い歴史を閉じたころ、与謝野家での夫妻の立場はすっかり逆転していた。与謝野家を訪れる客のほとんどが、晶子をたずねて来る人であり、「先生」とは晶子をさすことばになっていた。寛に用事のある人は、「寛先生」と改めて名を付けて呼ばなければ通じないほどになっていたのである。

そうした傾向は、すでに『明星』終刊以前から現われ始めていた。「新詩社の女王」と評されていた晶子の前で、寛は、しだいに我が身を自嘲するようになっていた。寛が明治三十九年八月の『明星』に発表した、ローマ字書きの長詩「GŪTARA」は、当時の彼の心境と、おかれた場とを鮮やかに告げる詩であった。それは、田舎回りの女剣舞の座頭を妻に持つ「酒毒の中年男」が、妻から「ぐうたら」と呼ばれながらも甘んじて、かの女に仕えている姿を描いた、つぎのような詩である。

"Gūtara! Gūtara!
Gūtara! oki na!" kaya gosini
Hoso-obi-sugata, Chimo arawa,
Gasatsu-ni yobuwa, Eri siroki
Onna-kenbu no Zagasirayo!

Gūtara! Gūtara!
Gūtara- otoko usiro-yori,
Uchiwa tsukae ba, monomi-daka!
Araki-nokoyano Fusiwa mina
Meto nari, ki-ki-to hisomeita,
"Yarō! kakā wo aoideru!"

その最初と最後の一節であるが、鉄幹の苦悩と苦衷《くちゆう》とは、この二節からも読み取れよう。晶子は夫のこうした姿勢を憂えた。ふたりは夫婦であるとともに、きびしい芸術の道を歩む競争者でもあった。それだけに晶子は苦しんだ。その苦しみを、のちに晶子はつぎのように語っている。

「私を最も幸福な結婚生活をして来たもののやうに云ふ人のあるのは誤りである。良人と同じ仕事をして来たからと人は思ふのであろうが、同じ仕事に従つてゐるのはさうした幸福なものではない。他のあらゆる苦と共に私の忍んで来た苦の一つは、良人の仕事の上の競争者の地位を持つてゐることであつた。」

（「私と宗教」）

家庭での晶子は、よき妻としての場を守ろうと努めた。

わが背子とわが子等がため生くる甲斐
あれとぞ祈る初春の人

けれども寛は、度量の広い人ではなかった。繊細な神経を持つ芸術家であった。ささいなことからふたりはしばしば衝突した。

わが家のこの寂しかるあらそひよ
君を君打つわれをわれ打つ

その上、晶子は一家の生計を支える身でもあった。

いと重く苦しき事をわが肩に
負はせて歳は逃げ足に行く

心身ともに疲れはてた晶子は、

心まづおとろへにけむかたちまづ
おとろへにけむ知らねど悲し

と詠んでいる。寛にはそうした晶子をいたわる気持ちもあった。そのころ寛は、

子の四人そがなかに寝る我妻の
細れる姿あはれとぞ思ふ

とうたっている。

晶子の感情は、ときおり大きくゆれ動いた。かの女の心中を、冷たい風が吹きぬけることもあった。そしてそれが、晶子に醒めきった目で夫を眺めさせることにもなった。

おそろしき恋ざめごころ何を見る
わが目とらへん牢舎はなきや

すさまじきものの中にも入れつべき
恋ざめ男恋ざめ女

けれども晶子は、あくまでも寛の妻であり、恋人であった。たとえ世評がどうであれ、晶子にとって、寛は唯一の人であった。晶子はうたっている。

よろこびと悲しみと皆君により
するとばかりはうたがひもなし

と。

転　生

唯だ一つ、あなたに
お尋ねします。
あなたは、今、
民衆の中に在るのか、
民衆の外に在るのか、
そのお答次第で、
あなたと私とは
永劫《えいごう》、天と地とに
別れてしまひます。

――唯一《ゆゐいつ》の問《とひ》――

転機

『明星』終刊の翌年、その後継誌ともいうべき雑誌『スバル』が創刊された。編集兼発行人は石川啄木、その啄木を助けて平野万里、木下杢太郎、吉井勇らが編集にあたった。この雑誌を

『スバル』と命名したのは森鷗外であった。晶子も、寛とともに『スバル』に寄稿家として名をつらねた。『スバル』は「明星派同様」短歌に終始した雑誌ではなかった。『スバル』について、晶子は、

「あれは歌が中心と云ふ積りでもありません。小説でも脚本でも詩歌でも何でも構はず毎月出来たものを印刷しようと致して居りますので、近頃は脚本や小説の方が多くなつて居ります。」(「座談のいろいろ」)

とのべている。

この『スバル』に結集した人々は、新浪漫派と概括され、文学史的には後期浪漫主義ともいわれているように、『明星』派の後継者的性格が強かった。しかし『スバル』に発表した晶子の作品には、

われに来ていこふ人をばこころよく
もてなしまつるなからひにして

秋の霧身をまく時に玄米《くろごめ》の
飯《いひ》のにほひをおもひあはせつ

などの歌に明らかなように、かつての激しい情熱は影をひそめ始めている。同様なことは寛にもいえた。寛の作品も、

あたたかき飯に目刺の魚添へし
親子六人の夕かれひかな

と、現実味を帯びたものへと移行し始めていた。

彼らは転機にさしかかっていた。心気一転しようとする考えが、彼らを千駄ヶ谷から神田駿河台紅梅町に移転させた。明治四十二年の春のことであった。子供たちはその春生まれた三男の麟《りん》を含め、男三人、女二人の五人となっていた。名声は得ても、与謝野家の生活は一向に楽にはならなかった。

この窮状を知った大阪の小林天眠（政治）は、晶子に『源氏物語』の口語訳の執筆を勧めてきた。小林天眠は、娘のころの晶子が、投稿していた雑誌『よしあし草』の編集責任者だった人で、その後、毛織物の問屋の主人になったが、文学には深い興味と理解とをもちつづけていた。天眠は『源氏物語』口語訳の原稿料として、何がしかの金を送ることによって、与謝野家の窮状を救おう、と思いたったのである。娘のころからの愛読書である『源氏物語』の口語訳とあれば、もちろん晶子に異存のあろうはずはなかった。それにつけても、変わらぬ厚情をよせてくれる天眠は、晶子にとって有難い人であった。

「このたびの御文、何もなにも私どものためにおたて下され候ひし御もくろみと涙こぼれ候。」

と、晶子は感謝の気持ちを素直に記し、さらに、窮状をつぎのようにかくさず訴えた。

「ここにいたりて、私どもの経済を、ありのままに申し上げ候。私かたにては、毎月百三十円づつ（月ぶの金もあり候）入り申し候。両人（夫婦）のきまりし収入は七十円ほどに候。私は万朝、二六、都《みやこ》＊、中学世界、少女の友、女子文壇、大阪毎日、東京日日の仕事をいたし候ほかに、いかにしても毎月二十五円くらいの仕事をいたさねば、どうしてもならぬのに候。」

そして、その結果、小林天眠から月々二、三十円の金が送られてくるようになった。晶子生涯の仕事となった『源氏物語』の口語訳は、ここにこうして始まったのである。

小林天眠（中央）と鉄幹（左）

このころから、彼らは自宅で週二回の文学講演をもするようになった。寛は『万葉集』と新詩社の歌について講義し、晶子は『源氏物語』について論じた、という。

百首屏風

「面会お断り、
廃兵殿、訪問記者殿、行商者殿、空論家殿、揮毫《きごう》依頼者殿、其他特別の御用なき諸君、今後の生涯を愛重すべき厳粛なる自覚に由り、右諸君の御諒察を乞ひ候。」（『明るみへ』）

晶子は夫がこう書いているのを読んだ。それを板に書き、玄関へ下げておくのだという。といっても、な

＊万朝、二六、都は当時の新聞紙名。

にも面会謝絶にしなければならないほど、忙しいわけではなかった。訪問者の大部分は晶子への面会人であり、実際に訪れる人がなくなれば、寛も淋しがるにちがいなかった。しかし、晶子が、

「あなたは外から空談家が来ないと淋しくなりますわ、きつと。」

といえば、

「さうかね。僕は遊んでいるからね。」

と答えて、例の下書きを「びりびりと両手で破つて机の下の反古《ほご》籠《かご》へ」投げ入れる寛であった。

『明星』が終刊になっても、晶子は相変わらず忙しかった。子供たちが学校から帰っても「母らしき物語を彼等と長閑《のどか》にする暇の」ない日々がつづいていた。それにひきかえ、夫は一日をどんなふうに過ごしていたのであろうか。晶子は唯一の長編小説『明るみへ』で、夫のそのころをつぎのように伝えている。

「良人はダリヤの根の元にある穴より出で来る蟻を錆庖丁にて叩き廻すことを致し居り候。二時間経ちて書斎を出でて眺め候時も、三時間経ちたる時も良人は変らずじつと蟻の張番を致し居り申し候。

　「あなた、また蟻なんですか。」

情なげに私は云ひ候ふ。

　「憎らしいからね。」

と良人は申候。」

暇をもてあまし、蟻をたたきつぶしてばかりいる夫を、晶子は何とかしてもう一度立ち直らせたいと考え

ていた。その心の病いを直すには、彼の以前からの夢であるフランス旅行が、特効薬であることも知っていた。海外に遊んだならば、きっと夫は新知識を吸収して帰ってくる、と晶子は考えていた。しかし、そのためには相当の金が必要であった。そこで晶子は、小林天眠同様与謝野家の熱心な支持者であった、金尾文淵堂という出版社の主人に相談することにした。その交渉のもようを晶子は、『明るみへ』で、金尾を小沢、自らを京子として、つぎのように書いている。

「「私ね小沢さんに御相談しようと思って来たのですがね。小沢さん、私二千円程お金が欲しいのですわ。」

京子は顔を上げて云つた。

「どうしやはるのだす。」

「良人をね、西洋へ遣《や》りたいと思ふのですわ、後は後にして二千円今あればいゝと思ふのですわ。良人のことをいろいろと考へて見てもそれより好い考へは私に出ないのですから。」

そして彼女は、「岩崎とか何とか云ふ」金持ちが「屏風でも書かせてくれ」れば良い、とも言った。しかし、その答えは、

「奥様が洋行しやはるのやと、お金を出すやらうと思ふ家がありますけれど」

と返って来た。寛は当時、それほどまでに世間から忘れられていたのである。

ついで、晶子は金尾の主人とはかり、自らの歌を書いた屏風を売ることにした。そして、つぎのような挨

挨状を知人たちに送り、註文を仰いだ。

「いよいよ御清適のほど賀し上げまいらせ候。さて唐突に候えども、此度良人の欧洲遊学の資を補い候ため、左の方法により、私の歌を自書せし百首屏風および半折幅物を同好諸氏に相頒ち申し度く候間、御賛成の上御加入なし下され候よう、特に御願い申し上げ候。」

その申し込み所には、東京新詩社、昴《すばる》発行所、金尾文淵堂、小林政治商店の四ヵ所があてられた。百首屏風とは、たて五尺、幅二尺五寸の二枚折の金屏風に、晶子が歌を百首書きちらしたもので、頒価百円のものと五十円のものの二種があった。そして半切幅物は、晶子の歌を一首記し、「絹表装桐の箱」に入れて十五円であった。

一方、寛は徳山の兄の所に洋行の相談に行っていた。「七日で帰ると云たのが八日になり九日になつた」ころ、晶子のもとに手紙が着いた。

「洋行費の大部分は此地にて思ひ掛なく調達致さるゝことゝ相成り候。されば此事に附きての君の苦心はもはや要なしと思召し下されたく候。」

金策の成功を伝える手紙をうけとった晶子は、いまだかつてなかったほどの反感を覚えた。『明星』の終刊後、「三年越し不機嫌な顔ばかり見せられて居ても、まだこれ程良人に反感を起すことはなかった」。金策の苦労より、「もはや要なし」と、夫からつきはなされたことが、晶子には腹立たしかった。しかも、徳山は先妻林滝野の郷里である。林家は、『明星』発行の際、その費用を用立てたほどの資産家であることを

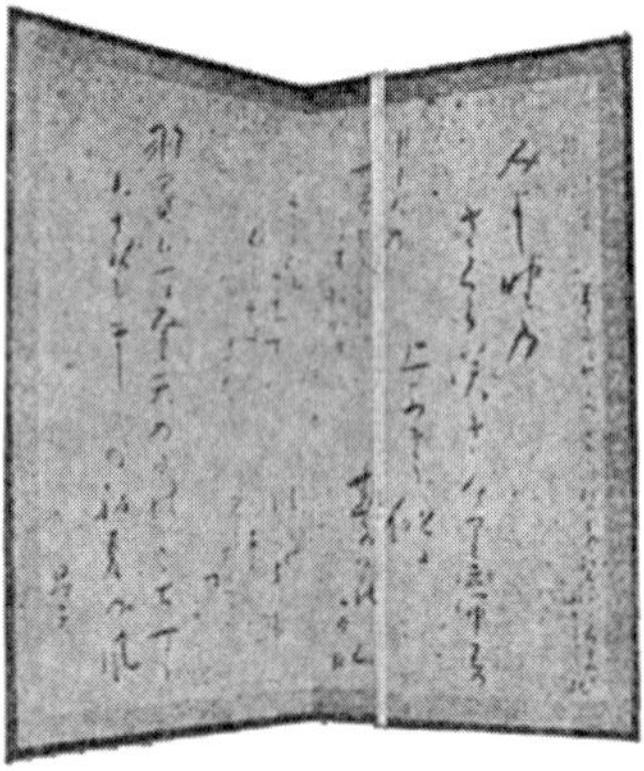
百首屛風

考え合わせると、晶子は夫が徳山の兄に「相談に行くと云つて家を出た時から決して嬉しい気は」していなかった。結婚後、ほぼ十年が経っていたが、その間晶子は滝野のことを、夫の「恋人として一日も忘れ」たことはなかったのである。

徳山から帰ってきた夫の前で、晶子の感情は爆発した。そのもようを『明るみへ』は、晶子を京子、滝野を広江貞野として、つぎのように伝えている。

「(短い口論のあと) 年が急に十も老けて見えるやうな恐い顔をして京子は良人を見た。

「そんなことを云ふもんぢやないよ。母様の心持が分らないことがあるものか、母様と僕は恋人同志ぢやないか。」

「私があなたの恋人だつて、そんなことがあるものですか。あなたは広江貞野さんばかり思つてる人ぢやありませんか。」

と云つたと思ふと京子は立ち上つたが、其侭横にばつたりと倒れた。胸の底から何かしら大きい物が突上つて来て、十二三年の間心でだけ思つて居て口へ出さなかつた事を自分の口から云はせた。」

かの女は結婚後、「一度も口に出さなかつた嫉妬のかたまり」を、「ヘドのように吐き出した」。しかし、それはかの女の思いすごしにすぎなかった。滝野はすでに詩人正富汪洋と再婚し、四人の子の母になっていた。

「そんな女を僕が思つて居るなんか、何故そんな惨酷なことを母様は云ふの」

と涙ぐんで云う夫の前で、かの女は「頭の中の血が音を立てて身体の下の方へ下の方へと流れて行くのだけ」を感じていた。

こうして長い間のわだかまりも、夫の洋行を前にして解けていった。夫の胸中に「外の女の影は射していなかったことがわかった時、かの女は先妻の「亡霊から、ようやく解放されたのである」。

そして四十四年十一月、寛は熱田丸でフランスに向かい旅立った。その旅立ちは、

海越えて君さびしくも遊ぶらん
追はるるごとく逃るるごとく

といったものだった。しかし、熱田丸に神戸まで同乗して夫を見送り、帰宅した晶子の胸中には、それまでの灰色の世界から脱け出し、新しい道に踏み出そうとする意欲が燃え始めていた。

「私は何んだか急に自分の命がぐらつき出したのを感じます。これは良人の居なくなつた家へ帰つて来た

以来の新しい変化です。………大分久しく眠つて居ましたのね。硬《こゑ》ばりかけて居ましたのね。乾いて居ましたのね、私は。真実にあなたのお言葉通り、褪《さ》めて褪めて灰色になつた恋を、其れと気附かずに独り空しい永久を頼んで居たのでしたのね。

併し何んだか私も良人と別れ別れになつてから一足或国境の外へ踏出した気がします。何と云つたら好いでせう此気持を。あなたのお言葉に対して云へば、其灰色の恋の世界や永久と云ふ時間から少しづつ浮き出すやうに離れて行く気持です。それがもう恋の世界ではないかもしれませんが、私を新しく包んだ空気は瑠璃色《るりいろ》をして居ます。其れが紫にも真紅にも変つて行き相な気がします。無駄な期待かも知れないのですが、何にせよ私の心は不思議な動揺を覚え出しました。」（『明るみへ』）

芸術行脚

夫が旅立ったあと、与謝野家は「同じ町（＊麹町中六番町）の七番地」に移った。夫の留守の間、「も少し小ぢんまりした用心の好い家へ入つて居たい、そしたら家賃も十円位は少くなりもするであらう」と晶子が考えたことと、夫が渡仏したことで沈みきっている晶子を、佐藤春夫たち門弟が「心配して引越しでもしたらどうか」と勧めたこともあっての転居であった。

夫の再生を念じて旅立たせた晶子であったが、残されてみるとその淋しさはいいようもなく深かった。

子と母と寂しがれるを目の前の

ことと思はばかへり来よ君
判《わか》れ住むかかる苦しさならはでも
あらましものをうつそみの世に

そんな晶子の許に、寛から是非渡仏するように、と便りがあった。船で書いてポオトサイドで出した手紙にも、またパリで晶子の手紙を見てからのにもそう書いてあった、夫の熱心な勧めに晶子の心は動いた。子供のことは気になったが、これを機に見聞を広めたいと思う気持ちも強かった。思い立ったら何事をも実行に移す晶子である。かの女はすぐさま旅費作りに奔走し始めた。さいわい、「縁故のある東京日日新聞が千円、実業之日本社が三百円」そして残りの金は鷗外の口ぞえで三越百貨店が引き受けてくれることになった。明治四十五年五月五日、晶子はシベリア経由でパリへと旅立った。

晶子や物に狂ふらん、
燃ゆる我が火を抱《だ》きながら、
天がけりゆく、西へ行く、
巴里の君へ逢ひに行く。

――「旅に立つ」より――

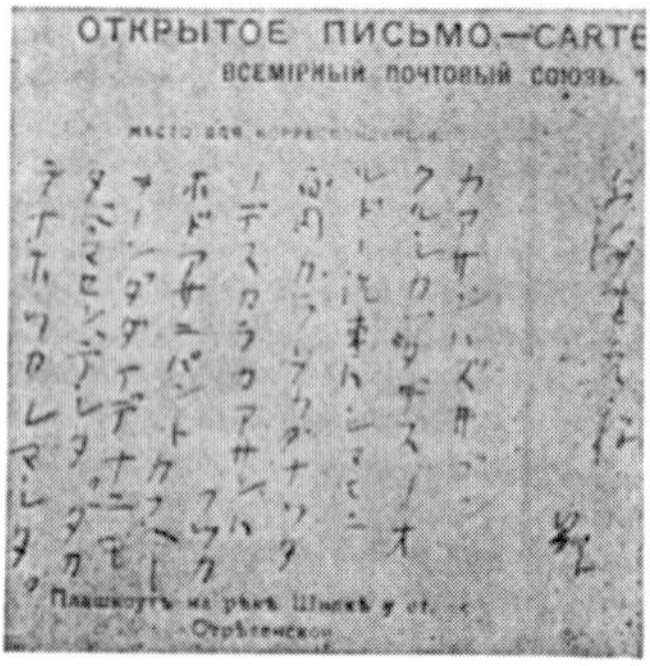

次男秀あて晶子の絵葉書

もともと経済的には無理を覚悟の旅行であった。シベリア鉄道の中でのきりつめた日日を、晶子は次男の秀に宛てた葉書で、

「カアサンハズヰブンクルシカツタデスノオルドー汽車ハシマヒ二百円カラタカクナツタノデスカラカアサンハフツカホドアサニパントカフヘーヲノンダダケデナニモタベマセンデシタ。ダカラナホツカレマシタ。」

と伝えている。

こうして晶子はパリへ着いた。

　三千里わが恋人のかたはらに
　柳の絮《わた》の散る日にきたる

途中の苦労など、夫の顔を見れば一度に吹きとんでしまった。晶子のはずんだ気持ちは、

　巴里に着いた三日目に
　大きな真赤な芍薬《しゃくやく》を

帽の飾りに附けました。
こんな事して身の末が
どうなるやらと言ひながら。

――「巴里より葉書の上に」――

という詩によく表われていよう。日本の詩人夫婦のパリ滞在は、パリの雑誌『ル・ミロアル』にもとりあげられ、晶子の略歴や歌人としての活躍のもようなども、詳しく紹介された。限られた経費の中で、晶子は夫とともにイギリス、イタリー、ドイツなどにまで足を延ばし、ヨーロッパの芸術の摂取につとめた。すぐれたヨーロッパの芸術に接した感激を、寛は日本の知人につぎのように伝えている。

「巴里にありて小生の尤もうれしきは、矢張りルウヴルとこのリユクサンブルとの両美術館に候。此処へ来ればいつも自分の幸福を感じ申候。この彫刻の中にはロダンの作が尤《もつと》も多く候。」(石引宗四郎宛)

「倫敦《ろんどん》へ参り滞留致し居り候。同行は小林萬吾、石井柏亭二君と晶子とに候。博物館の多きため、夫れに忙殺せられ候。昨日はテエト・ガリレイにてタアナア、ロセッチ、ワッフ、ジョンバアンズ、ミレエス等の英国近代の大家の逸品に接して、多年の飢《うえ》を医《いや》したる心地致候。」(石引宗四郎宛)

なかでもロダンに会った感激は大きかった。その喜びが、どんなに大きなものであったかは、帰朝した翌年、大正二年に生まれた四男に、夫妻がアウギュストと命名していることからも知れよう。

晶子のするどい感覚にとっては、何気ない街の風物も、すべて詩となり歌となってうたわれた。

物売りにわれもならまし初夏の
シャンゼリゼエの青き木の下

ああ皐月《さつき》仏蘭西《ふらんす》の野は火の色す
君も雛罌粟《こくりこ》われも雛罌粟

セエヌ川よき船どもにうち向ひ
橡《とち》の竝木の青き呼吸《いき》吹く

けれども、晶子は七児の母であった。すぐれた芸術に触れながらも、母親としての感情は折にふれ湧出した。動物園で遊びたわむれる子供をみれば、

象を降り駱駝《らくだ》を降りて母と喚《よ》び
その一人だに走りこよかし

と思い、公園で雀に餌をやっていても、それがわが子をしのばせるよすがとなった。

おお、美くしく円い背と
小い頭とくちばしが
わたしへ向いて並ぶこと。
見れば何《いづ》れも子のやうな、
わたしの忘れぬ子のやうな……
わたしは小声で呼びませう、
それ光《ひかる》さん、
かはいい七《なな》ちゃん、
秀《しげる》さん、麟坊《りんばう》さん、八峰《やつを》さん……
あれ、まあ挙げた手に怖れ、
逃げる一つのあの雀、
お前は里に居た為めに
親になじまぬ佐保《さほ》ちゃんか。

わたしは何か云つてゐた、
気が狂《ちが》ふので無いか知ら……
どうして気安いことがあろ、
ああ、気に掛る、気に掛る、
子供の事が又しても……

――「モンソオ公園の雀」より――

夫を恋うままにしゃにむに海を渡った晶子であったが、まもなくかの女は故国に残した子供を思うあまり、夫を残して帰国した。旅立ったころさわやかな初夏であった故国は、いま静かな秋を迎えていた。そしてその間に、年号は大正と変わっていた。

山の動く日

日露戦争も明治三十八年には終わった。その後、幸徳秋水らの大逆事件に象徴されるような暗い出来事もあったが、時代は少しずつ前進し、イプセンの『人形の家』が大きな反響をよび、女性解放がさかんに論じられるようになっていた。

そうした風潮の中で、明治四十四年九月、平塚雷鳥（明子）、中野初子、木内錠子、保持研子、物集和子の五人は、「女性の覚醒を促し、各自の天賦の特性を発揮せしめ、他日女性の天才を生むことを目的とする」雑誌『青鞜』を創刊した。『青鞜』は文壇の先輩を賛助員とする雑誌であった。小金井喜美子、岡田八千代、

長谷川時雨らとともに、この雑誌の賛助員となった晶子は、雷鳥の有名な宣言、
「元始、女性は太陽であった。」
にはじまる「発刊の辞」にも匹敵すべき、長詩「そぞろごと」を『青鞜』創刊号に発表した。

山の動く日来る
かくいへども人われを信ぜじ
山は姑《しばら》く眠りしのみ
その昔に於て
山は皆火に燃えて動きしものを
されど
そは信ぜずともよし
すべて眠りし女いまぞ目覚めて動くなる
……………………

長い間眠っていた日本の女性も、いまようやく目覚めようとしていた。そうした女性たちに、晶子の詩は「大きな刺激と感銘」を与えずにはおかなかった。無論、それは晶子自身の〃目覚め〃でもあった。歌の上

ではすでに新しい息吹きを歌壇に吹き込んできた晶子ではあったが、時代の推移とともに、「これまで客位に置いた思想に絶対の主権を与へねばならないと思うようになっていた。『青鞜』創刊の翌年、夫を追って渡欧し、その豊かな感受性で先進国の自由な空気を吸収してきた晶子の内で、〃目覚め〃はいっそう確固たるものになりつつあった。晶子は「鏡心燈語」の中で、つぎのようにのべている。

「旅行から帰つて以来、私の注意と興味とは芸術の方面よりも実際生活に繫《つな》がつた思想問題とに向ふことが多くなつた。私は芸術上の述作を読む場合にも芸術的趣味の勝つたものよりは生活的実感の勝ったものを余計に好むやうになった。忙しい中で新聞雑誌の拾ひ読みをするにも、芸術上の記事を後廻しにして欧洲の戦争問題や日本の政治問題に関聯した記事を第一に読むと云ふ有様である。

これは私の心境の非常な変化である。私は最近一両年の間に、日本人の生活を、どの方面からも改造することに微力を添へるのでなければ、日本人としての私の自我が満足しないのを朧《おぼ》ろげに感じるまでに変化してゐるのであった。」

そして、その後の晶子は歌人として活躍するとともに、女性問題、社会問題等を幅広く論じる評論家として、目立った活躍をするようになっていった。けれども、晶子の活動は、あくまでも評論家としてのそれであった。当時の晶子の、そうした姿勢を明らかにするものに、「独語」と題するつぎのような詩がある。

思はぬで無し

知らぬで無し
云はぬでも無し
唯だ其れの仲間に入らぬのは
余りに事の手荒なれば
歌ふ心に遠ければ

与謝野夫妻と子どもたち（大正中期）

大正七年、社会主義者の堺利彦（枯川《こせん》）から婦人参政権運動の中心人物になるようにと依頼された時も、晶子はいろいろと思い悩んだ。改めて周囲を見直すと、晶子には「唯だ低級な物質欲や官能欲の満足を追求している」女性ばかりが目についた。かの女らはまだ「文明人並の欲望にすら力強く目覚めて」はいなかった。そうした中で、かりに運動を始めたとしても、はたして自分と「協力する、実力ある、尊敬すべき、頼もしい婦人が幾人得られる」のであろうか。晶子は「絶望と云ふ外は」ないと思った。その上、彼女は窮迫した一家の生計をになう身でもあった。「運動のために時間と精力とを割愛すること」は、不可能に近かった。晶子は堺利彦に宛てて、つぎのように返書した。

「枯川様、お恥しいことですが、私達日本婦人はこんな貧弱な内部生命しか持って居ない者ばかりです。……………例の頭脳のない、肉塊ばかりの女が幾人集つた所で何になるでせう。私達は個人として純粋の鋼鉄には錬えられて居ないのです。カントの教へてくれた自我の尊貴をまだ少しも合理的に知らずに居るのです。かう反省して来ると、私は全く気恥しくて何事にも手が出ません。私は婦人参政権運動の首唱者となるのは勿論、その協賛者となる資格をも十分に備へて居ないことを明かに認識します。………私は自分の修養と境遇の熟する日まで、わざと意識して卑怯者になります。」(「堺枯川様に」)

こうして晶子の「目覚め」は、「文筆の上から個人的にするつゝましやかな」ものになっていったのである。

人格教育

評論家としての晶子は、「女性と社会」の問題を中心に、さまざまな分野にわたる発言を意欲的につづけてきた。そうしたかの女の発言には、「日本人の振はないのは、要するに人格の精錬が不足しているからだ」という認識に基づくものが多かった。晶子は機会あるごとに「教育の改造を」いい、より豊かな人格を養うための教育の重要性を強調してきた。夫の寛も、大正八年から慶応義塾大学の教壇で、国文学および国文学史を講じるようになっていた。そして晶子は、「実際の教育に少しばかり関係して見ても好い」という衝動を、心の隅に感じるようになってきた。

晶子が、実際の教育に関係する機会は、意外に早くやって来た。

大正九年の春、画家、建築家、工芸美術家、詩人であると共に、更に熱心な文化生活の研究家であった西

文化学院における与謝野夫妻

村伊作が、「日本人の生活を各方面から芸術的に」改造しようと、「芸術生活、西村研究所」の設立を計画し、「その研究所の一部の事業として、先づ芸術的な自由教育の学校を興す決心を」した。そして西村は、晶子と画家の石井柏亭とに「学校の実際の責任者となることを」勧めた。西村の計画は、一般の常識からみれば突飛なことであった。けれども、「話せば話すほど、実行方法の細部に亘る点まで」同感するところが多かった晶子は、彼の申し出に喜んで応じた。

「芸術的な自由教育を」目指したこの学校は、「文化学院」と名づけられた。翌大正十年の春、神田駿河台に開校する予定のこの学校で、晶子は学監と教授をかねることに決まった。「文化学院」での教育の目的について、当時、晶子はつぎのようにのべている。

「私達の学校の教育目的は、画一的に他から強要されること無しに、個人個人の創造能力を、本人の長所と希望とに従って、個別的に、みづから自由に発揮せしめる所にあります。……

言ひ換れば、完全な個人を作ることが唯一の目的です。「完全な個人」とは平凡に平均した人間と云ふ意味でも無ければ、万能に秀でたと云ふ伝説的な天才の意味でもありません。人間は何事にせよ、自己に適した一能一芸に深く達して居れば宜しい。それで十分に意義ある人間の生活を建てることが出来ます。また一能一芸以上に適した素質の人が多方面に創造能力を示すことも勿論結構ですが、両者の間に人格者として優劣の差別があると思ふのは俗解であつて、各その可能を尽した以上、彼れも此れも「完全な個人」として互に自ら安住することが出来るやうで無ければならないと思ひます。」(「文化学院設立に就て」)

「文化学院」は男女共学を目指したが、中学部は中学以上の教育を受ける機会が多い男子を除き、女生徒ばかりで発足した。教授や講師には、多く『明星』『スバル』系の文士や芸術家が迎えられ、それまでの女学校にはみられない芸術的な雰囲気が教場に持ち込まれた。生徒には「現代文の学課」として、有島武郎、芥川龍之介、島崎藤村、菊池寛、夏目漱石、志賀直哉諸氏の作品が課せられた。その効果を、晶子は随筆「読書の習慣」のなかで、

「之が為めに女生徒の感情が豊富にされ変化されて好くなり、それがまた作文の上に著しく良い影響を示してゐます。」

とのべている。また、この学校では絵画の鑑賞会などもしばしば行なわれた。子供たちと女流画家マリー・ローランサンの絵に親しんだ日を、晶子はつぎのようにうたっている。

少女子とロオランサンの絵をみれど
雁ぞ鳴くなる東京の秋

なお、「文化学院」が発足した大正十年には、寛の主宰する『明星』（第二次）も創刊されている。

ただひとり

ただ一人柱に倚《よ》ればわが家も
御堂のごとし春のたそがれ
——火の鳥——

采花荘

大正十二年九月一日の関東大震災で、文化学院は焼け落ちたが、麹町富士見町にあった与謝野家は、幸運にも類焼を免れた。けれども、震災の体験から市内に住むのは恐ろしい、と思うようになっていた晶子は、郊外に移ることを決心し、荻窪に七百坪の土地を借りた。その前後を晶子は、「我家の庭」でつぎのようにのべている。

「荻窪は東京駅から四里もある東京の西郊に位置し、大震災前までは東京人の注意に上らず、私などは名さへも知らなかつた程の辺鄙《へんぴ》な農村であった。私達は大震災に遇《あ》つて幸ひ焼け出されることを免れたが、市内に住むのが怖くなって、もとから好きな郊外に再び移ることを計画し、人に勧められて此の荻窪に七百坪の土地を借りた。地主の須田平八氏が恬淡《てんたん》な、さうして親切な老農で、坪四銭で貸して下さつた。」

彼等はまもなくその土地に二室の小さな洋風の家を建てて、采花荘と名づけ、しばらくの間大学生であった長男の光と次男の秀に、自炊をさせて住ませておいた。大正十五年春のことである。しかし、七百坪は彼らにとって、あまりにも広すぎた。そこで彼らは「一年後に弐百坪を戸川秋骨先生にお譲り」した。ついで彼らは日本間と浴室とを建て増した。晶子はこの家に土旺日から日旺にかけて、市内の家から書物を読みに通った、という。

荻窪の与謝野家

その後、彼らはもう一棟を増築した。晴れた日には二階から箱根より秩父までの遠山が望まれるこの棟に、寛は遙青書屋と名づけた。

翌昭和二年の九月、与謝野夫妻は東京市下荻窪三百七十一番地の新居に引っ越した。渋谷から千駄ケ谷、東紅梅町、中六番町、と転々としたあげく、晶子四十八歳にして、ようやく持ちえた自分たちの家であった。

そのころ、与謝野夫妻は篤学の士正宗敦夫と共編の、『日本古典全集』の編纂と校訂に追われていた。この全集の刊行は、すでに大正十四年から始まっており、その直接の刊行者は「新しき村」の同人、長嶋豊太郎であった。古典の翻刻などは、まだ珍しい時代であった。それだけに『日本古典全集』の刊行は、読書家たちにも喜ばれ、学界にも貢献するところが多かった。晶子は、すでに記したように娘のころから古典に親しんできていた。寛もまた、古典に対する造詣の深さでは定評があった。以前からふたりの間にあった、日本の古典を「まとまったかたちにして、なるべく多くの人によませたい」という夢が、いまようやく実現され始めたのである。

夫の寛も久しぶりに明るい笑顔をみせた。十一人の子供たちも成長し、手のかからない年頃になっていた。晶子の上に落ち着いた日日がおとずれた。かっての晶子の激しい情熱は、子を思う母親らしい感情へとしだいに変わっていった。荻窪へ移って数年後の心境を、晶子は、

「この六年の間に次男は欧州へ赴任し、四男は静岡市に在学し、四女は学校の寄宿舎へ入り、三男は近く此の五月に奉天へ赴任した。子供達のために設計して造つた部屋が次次に空《あ》くのは嬉しくもあり、また寂しくも感ぜられる。」(「我家の庭」)

とのべている。

そして晶子は、亡くなった婿《むこ》の家から貰った睡蓮の花に孫の白い顔を連想し、孫が幼稚園へ行くやうになったと聞けば、「病気などに感染して来ねばよいが」と案じる人になっていった。

仕事は相変わらずに忙しかったが、それにわずらわされることはなかった。晶子は自然の中に、浄化されたやすらぎを見いだすようになっていた。

「何と云ふ虫か、もう蔦《つた》や桜の広い若葉を巻いて、その中に卵を擁して己が身の死を待つてゐる。母性に殉ずる賢く哀れな虫の振舞よ。虫は一意自然の命令に服して、この初夏の陽光と和風とを楽まうとも思はないらしい。

〈与謝野夫妻と子供たち〉

晶子 ― 寛

- 長男　光《ひかる》（明35・11）
- 次男　秀《しげる》（明37・7）
- 長女　八峰《やつを》（明40・3）
- 次女　七瀬《ななせ》（明40・3）
- 三男　麟《りん》（明42・3）
- 三女　佐保子（明43・2）
- 四女　宇智子（明44・2）
- 四男　アウギュスト（大2・4）のち昱《いく》と改名
- 五女　エレンヌ（大3・11）
- 五男　健（大5・3）
- 六女　藤子（大8・4）

蜂が楓の若葉から出て、すうつと舞衣の裾を垂らすやうなよい姿で、薄紫の花を連ねた栴檀《せんだん》の高い梢へ昇つて行く。私の今日の心は蜂をも憎まれなくなつてゐる。」（「我家の庭」）

旅

以前から、与謝野夫妻は旅を好んできた。けれども彼らが足繁く大きな旅に出るようになったのは、家も建ち、子供たちも成長し、ようやく落ち着いた日々が過ごせるようになったころからである。彼らの足跡は、近くは伊豆、箱根、遠くは九州、北海道、さらには日本海を越えて満州にまで印された。友人門弟が同行し、行く先々で歌会を開く気楽な旅もあれば、講演のためにする旅もあり、そのふたつを兼ねそなえたあわただしい旅もあった。

彼らの旅の一面を、昭和二年春の関西旅行記「初夏の旅」は、つぎのように伝えている。

「四月廿三日。朝の三等急行に乗つて東京を立つた。今日の一行は石井柏亭先生と関戸信次さんの外に、良人、二男、長女、

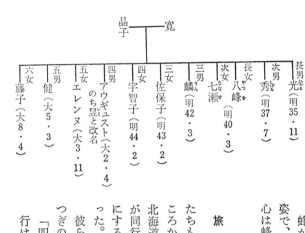

私の六人である。夜に入つて七条停車場に着くと、京都は銀行の休業二日目で火の消えたやうに寂しく、四条通にも何処にも深夜のやうに人通が無い。木屋町二条下る藤岡旅館に泊った。……

　廿四日。朝、西村伊作さんが東京から着かれた。石井先生と関戸さんと私とは宮永東山氏に伴はれて、伏見にある東山氏の窯場へ先に行つて陶器に絵と歌とを描いた。良人と正宗さんとは新村博士を訪ね、後れて伏見に集まつた。西村さんも伏見へ最後に来て、皆と一所に陶器へ書き物をした。是等の陶器は此の初夏に催す文化学院のバザア用にするのである。夕方伏見の稲荷《いなり》を一拝し、夜に入つて京に帰つた。……

　廿八日。夜明に下の竹林で仏法僧が啼いた。今朝、有島、正宗、西村三氏は絵を描き、良人と私とは歌を詠んだ。………私達四人は大阪へ直行して東海道線に乗つたが、預けた荷物を受取る為めに京都に下車し、私は小林氏を訪ひ、良人は子供に大極殿《だいごくでん》を観せ、更に今夜の汽車で東京への帰途に就いた。往復六日の急がしい旅ながら、初夏好晴の日のみが続いて畿内の花と若葉とに親しむ事が出来たのは嬉しかつた。

……」

昭和三年の初夏、夫妻は満鉄から招かれて、満州から内蒙古へと旅をした。晶子は旅順では、

薔薇の路アカシヤの路くるまして
清《しん》の王女の逍遙する日

とうたい、内蒙古では、

　われは今地と云ふものの平らかさ
　教ふるさまの落日とある

と詠んでいる。昭和五年五月、大阪屋号書店から刊行された『満蒙遊記』は、この旅の間に夫妻が詠みつづった、詩と印象記をまとめたものである。

翌四年夏の夫妻の九州への旅は、当時の有力な綜合雑誌『改造』社長山本実彦の好意によるものであった。

幼少期を一時、鹿児島で過ごした寛は、

　鹿児嶋の西本願寺猶あるは
　をさなき我れの攀《よ》ぢし石垣

と「第二のふるさと」をなつかしみ、晶子は、

　城山の薄中《すすきなか》にも哀れなり

旗を振るとも人なとがめそ

と詠んでいる。寛との合著『霧島の歌』（昭和四年十二月、改造社刊）は、この旅から生まれた歌集である。昭和六年の初夏には北海道に渡った。若くして逝った社友石川啄木をしのび、晶子はつぎのようにうたっている。

なつかしき函館に来て手に撫づる
亡き啄木の草稿の塵

いにしへは啄木の泣き末の世に
われの涙のしむ岬かな

この前後、夫妻は長年の疲労をいやすかのように、しきりに旅に出た。自然に親しみ、珍しい風物に接して素直に喜び、その喜びを歌に託した。夫妻には心身ともにすこやかな日々がつづいていた。

ひとりある日

与謝野夫妻の旅は、昭和十年、寛六十二歳、晶子五十六歳となっても、以前と変わらずつづいていた。

三月三日、夫妻は門弟五人をしたがえ、観音崎の燈台に小旅行を試みた。あいにく天候には恵まれなかった。霰《あられ》まじりの大粒の雨に濡れ、吹き飛ばされるような風に追われながら、一行はようやく燈台にたどりついた。前月の伊豆旅行以来風邪気味だった寛も、さいわいその日は元気にみえた。慄《ふる》へんばかりの寒さの中で、頼んで作ってもらった握り飯の暖かさを喜び、寛は、

燈台の看守に乞へば暖かに
物を食はしむ烈風の山

と詠んだりした。一行は、さらにそこから久里浜に向かい、横浜で夕食をして帰宅した。

寛（昭和9年）

翌四日、晶子が文化学院から戻ると、寛は微熱があるから、といって床に就いていた。その後も寛の健康はすぐれなかった。心配した晶子が、思い切って入院を、と勧めてみても、寛は「末期《まつご》の水をママに飲ませて

欲しいから病院へ行くのは厭だ。看護婦に飲ませて貰ふのでは」と冗談めかして云うばかりで、応じようとはしなかった。けれどもまもなく、そうも言ってはいられなくなった。寛が肺炎を誘発したのである。十三日、寛は絶対安静を命ぜられたまま、慶応病院に入院した。苦しい息の下で、寛は見舞い客に対し、新詩社の歌の良さを説いた。歌壇の現状をうれい、「『彼の……の一派が……の如きが』などと激怒憤慨の口調で叫んだり」（菅沼宗四郎）もした。けれども寛の容態は、依然として思わしくなかった。寛は身近に晶子を認めれば、「ママ、ママ、」とくり返すようになっていた。

三月二十五日、寛は幾分元気を取り戻した。その夜も看病をつづけようとする晶子に、長男の光と次男の秀は帰宅を勧めた。その前後を晶子は、

「私の健康を気遣ふ長男と二男が是非今夜は家へ帰つて寝よと云つた。私は皆の云ふ好結果に到る径路が見たいから泊りたいと云つたが、三畳の次室に三人で居ては母の健康が危いと云つて、私は家へ帰された。其の前に良人の枕辺へ行くと、『今迄何処に居たの』と初恋をする少年のやうに私を見たのが忘られない。」（「良人の発病より臨終まで」）

と書いている。

そして翌二十六日の朝、八時五十五分、寛は晶子を残して逝った。遺骸はその日のうちに荻窪の自宅に運ばれ、采花荘に安置された。

都より下荻窪に移り来て
十年歌へるむさし野に死ぬ

つめかける弔問客に対し、晶子は「主人の感謝の涙が、私を通じて流れるのだ」といってなげき悲しんだ。尾崎咢堂《がくどう》も「三人の刑事に護衛されて」弔問に訪れた。徳富蘇峯は「御夫人、これから二人分を一人で働いて下さい」とのべて、晶子をはげました。かつての門弟北原白秋も、

「与謝野寛先生が急逝された。此の悲報を受けた時、わたくしは動顛《どうてん》した。………森鷗外先生の薨去《こうきょ》に際しても、上田敏先生の円寂に接しても、これほど複雑な感情には撲《う》たれなかつた。」（「与謝野寛先生」）

と、その死を惜しみ悼《いた》んだ。

どんなに慰められ、励まされても、晶子の淋しさはいやされなかった。たとえ、世評はどうであれ、晶子にとって、寛は最後まで最愛の人であり、立派な師であった。前月、旅先きで夫の誕辰を祝った日を、晶子はつぎのようなエピソードで伝えているが、晩年のふたりの関係は、ここにほぼ語りつくされていよう。

「良人は『ママも祝ひの歌を一つ詠んでくれ』と云つた。此の夜は愉快さうであつた。この夜の妻の頭は冴え返つて居ると云つて私の歌を称へて他の二氏を訓したりもした。こんなことは誠に珍らしい現象であつた。東京を立つ前夜に私は一睡も出来なかつたがこの夜もまた眠れなかつた。其れは珍らしい良人の言

葉に感激した為めである。」（「良人の発病より臨終まで」）
そして晶子は、夫を失った悲しみを、

わが上に残れる月日一瞬に
よし替へんとも君生きて来よ

と詠んだ。
寛の墓碑は文化学院の西村伊作の設計で、多磨墓地に建てられた。「洋式のうつくしい墓碑」であった。多磨に夫を訪ねることが、晶子の楽しみとなった。それはまことに「はかなき楽み」であったけれども、墓所に降る雪を掻けば「何となくうれしく」おもえてくる晶子であった。

移り住み寂しとしたる武蔵野に
一人ある日となりにけるかな

君つひに無の世に移りはてての ち
われの住めるも半は無の世

夫亡き後の晶子は、その時間のほとんどを、旅と『源氏物語』の全訳とに費やした。

偉業・美しき娘

紫式部は晶子の「十一二歳の頃からの恩師」であったが、その口語訳を始めたのは、家庭の窮状を救うためだった。無論、晶子には、源氏に対する強い自負の念もあった。それは、当時晶子が小林天眠に送った、つぎのような書簡からもうかがえよう。

「式部と私との間にはあらゆる註訳書の著者もなく候。ただ本居宣長のみ、私はみとめ居り候。」

明治四十二年秋のことであった。その際はまだ抄訳であったが、明治四十五年、それは『新訳源氏物語』と題され、四冊に分けて金尾文淵堂から刊行された。この『新訳源氏物語』を上田敏は、

「物語をながれる精神のつかみ方といい、訳文のなめらかな美しさといい、ともに敬服のほかはない。」

と評し、さらに、

「紫式部の原作を『美しき母』とするならば、晶子の抄訳は『美しきむすめ』とよぶべきであろう。」

とのべて激賞した。

けれども、晶子は抄訳では満足できなかった。そして晶子は「源氏五十四帖」を全訳しようと決意した。ほぼ十年ののち、文化学院での忙しい講義の間をぬって書きつづけてきた偉業は、完成に近づいていた。折も折、大正十二年九月一日、関東地方一帯は大震火災に襲われた。その際、与謝野家は類焼からは免れたが、文化学院は焼け落ちた。この時、晶子の長年の努力の結晶である源氏の草稿も、一瞬にして灰と化した。

十余年わが書きためし草稿の
あとあるべしや学院の灰

晶子の落胆は激しかった。しばらくはペンを執る気にもなれなかった。その前後を晶子は、随筆「読書、蟲干、蔵書」のなかで、つぎのようにのべている。

「大震災の時に私の家は、半町足らずの所まで及んだ火事が俄《にわか》に風が南に変つた為めに類焼を免れたが、神田の文化学院が焼けたので其処へ持つて行つて置いた書籍や絵や草稿やを焼いてしまつた。草稿の中には十年を費やして逐次的に書いて居た『源氏物語』の講義があつた。其れは毎月少しづつ書き溜めたもので「宇治十帖」の前まで終つてゐたから「源氏」の量から云へばその大半の講義が済んでゐたのであつた。あとを今三年費やして書く積りであつたが、焼けて見ると、今一度初めから書くだけの時も精力も私に無い。」

いったんは諦めた晶子であった。けれどもかの女はくじけなかった。晶子はいう。

「私は今を去る二十八年の昔（大正元年）金尾文淵堂主の依頼によつて源氏物語を略述した。新訳源氏物語がそれである。森林太郎・上田敏、二博士の序文と中沢弘光画伯の絵が添つていた。その三先生に対して、粗雑な解と訳文をした罪を爾来二十幾年の間私は恥ぢつづけてきた。……今から七年前の秋、どんなにもして時を作り、源氏を改訳する責めを果そうと急に思ひ立つ期がきた。そして直ぐに書き初め、書きつづけ、少い余命の終らぬ間を急いだ。」

と。

『新々訳源氏物語』出版記念会（昭和14年10月）

昭和十四年の夏、晶子はついに『源氏物語』の全訳を完成した。そして『新々訳源氏物語』と題して金尾文淵堂から刊行した。小林天眠にすすめられて、その口語訳に取り組み始めてから、実に三十年あまりの歳月が流れ去っていた。同じ年の十月、上野精養軒で、『新々訳源氏物語』の刊行を祝う会が盛大に開かれた。その夜の晶子を佐藤春夫は、つぎのように伝えている。

「……自分の存じ上げてゐる三十余年間であの夜の晶子先生ほど美しい先生を、といふよりは美しい人を見た事がないやうに記憶してゐる。人々が七八人交々祝賀の言葉やら讃仰の辞などを呈した後、先生は一場の会釈《えしやく》に代へて源氏物語の作者に関して平生抱懐して居られる御意見を発表された。お説は全篇を式部一人の筆になるといふことをどこまでも主張したもので、種々の方面からこれを証明されたから、お話はかれこれ三十分位にも及ばれたであらうか。説の当否は我々に賛否をいふ資格もない。ただあまり雄弁といふのではないとばかり思つてゐた先生が当夜はお声にも張りがあり、少しせき込んだ早口ながらごくつつましやかな言葉づかひはこちたき議論めいた申し方ではなく美しい言葉ながらに理路整然と話を運んで居られた。けれども自分の感じたのはその話術のうまさや言葉の洗練ばかりではない。語り来り語り去るうちに先生が自ら青春をとりもどした人のやうに熱を帯びて来て紅を潮した雙頰《そうきよう》の不思議なかがやかしさが、本来の意義でいふなまめかしさ（といふのは艶冶《えんや》の意味ではなく生き生きとした生彩を呈したといふつもり）を帯び若々しく崇高でさへあつた。先生が紫式部を語ることが既に詩のやうなものがあるのに、この時の先生の神彩奕奕《えきえき》たるものは三十年来見なれたものとは全く別個のもので、円光をいただいてゐる人のやうにわたくしの目に映じた。恍惚として且つは聴き且つは眺め入つて、この一刻空を行く天馬の翼の音を耳にするのをおぼえた。統一のある人格が緊張して全身を以て全霊を現はさうとする表情とでもいふべきであらうか。この一夕のために僕は事あらためて晶子先生をその不可説の美のために崇拝するに到つた。」（『青春期の自画像』）

晶子の『源氏物語』は、逐語訳ではなく、主観の勝った「大胆な意訳」であった。原典のもつニュアンスを、晶子がその特異な才能を駆使《くし》し、字句にはとらわれず再現しようとした作品であった。国文学者の池田亀鑑は、晶子の『源氏物語』を評して、

「源氏物語の註釈的手引としては、新訳源氏物語は、たいした役には立たぬと思ふが、それにもかかはらずいかなる精密な註訳書も及びえないあるものを、この訳がもつてゐる。それは原作にあり、同時に新訳

そのものにもある芸術的魅力である。新訳源氏物語はそれ自身一つの芸術品であり、晶子といふ個性なくしては存在しない独立した意味をもつものだと思ふ。」(「古典学者としての与謝野晶子」)とのべている。なお、春夫の回想には一部記憶違いがあり、晶子自身は『源氏物語』の作者を二人としている。

源氏をばひとりとなりて後に書く
紫女年若くわれは然らず

終焉

五男健の結婚式も春にはすんだ昭和十五年の初夏、晶子は入浴中脳溢血で倒れ、半身不随となった。晶子倒るの報に、門弟たちは、新詩社もこれで終わりかと愕然《がくぜん》とした。秋には長女八峰と六女藤子の結婚式をひかえていたが、与謝野家には貯えなどはなかった。けれども病床の晶子は、「何事によらず一流人になれば決して食ふに困るものでない」といい、一向にそれを苦にしなかった。その後晶子は、療養のため、一時甲州上野ヶ原に転地したが、まもなく荻窪に帰り、「容易に人の許さぬ贅沢三昧《ぜいたくざんまい》の加療を」つづけた。その莫大な費用は、すべて多数の篤志家《とくしか》から出されたものであったという。多くの友人、知人たちに見守られながら、晶子の療養生活は何不自由なくつづけられていた。

昭和十六年十二月七日、六十三回目の誕生日を迎えた晶子は、その祝賀会を自宅で催し、椅子にかけたままではあったが列席した。鉄幹をしたい、家を捨てて上京してから、はや四十年あまりの歳月が過ぎ去っていた。その四十余年の間、晶子は「一人の女性、一人の人間として、その生涯に成し得る」最大限の仕事をし遂げてきた。それだけに、病床の晶子は深い疲労感を覚えることもあった。そのころ、晶子を見舞った歌人の中原綾子が、病室で、

「……日本には先生にして頂かなくてはならないことが、まだまだ沢山ある」

と語ったところ、晶子は即座に、

「私はもう……遊ばせて欲しい……」（「晶子先生の思い出」）

と答えた、という。

昭和十七年五月、一進一退をつづけていた晶子の容態は、尿毒症を併発したことから急激に悪化した。そして五月二十九日の午後四時三〇分、晶子は「すやすやと眠るがごとく」逝った。「それは大往生と云ふにふさわしい」（中原綾子）終焉《しゅうえん》であった。

葬儀は六月一日と決まった。戒名も、生前、晶子の愛した花が淡白な大島桜であったことから、「白桜院鳳翔晶耀大姉」と決められた。そして、六月一日、盛大な告別式が青山斎場で行なわれた。平野万里、有島生馬、河崎なつらが弔詞をのべ、高村光太郎は詩を朗読、堀口大学は挽歌を詠じた。ついで晶子の亡骸は、多磨墓地に眠る寛のかたわらに埋葬された。享年六十四歳。

晶子の死を悼み、佐藤春夫は、

ねんごろにわが青春を導きし
第一の星見えずなりぬる

とうたい、高村光太郎は晶子の偉大な業績をたたえて、遺歌集『白桜集』に「まことに人も言ふ如く、与謝野晶子女史が紫式部、清少納言といふやうな人達と同列の高さに位置すべき事はもはや論議の余地もない。」とよせた。

劫初《ごうしょ》より作りいとなむ殿堂に
われも黄金の釘一つ打つ

——草の夢——

与謝野夫妻の墓（多磨墓地）

第二編　作品と解説

歌はどうして作る。
じつと観《み》、
じつと愛し、
じつと抱きしめて作る。
何を。
「真実」を。

「真実」は何処に在る。
最も近くに在る。
いつも自分と一所に、
この目の観《み》る下《もと》、
この心の愛する前、
わが両手の中に。

「真実」は
美くしい人魚、

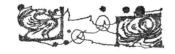

跳《は》ね且つ踊る、
ぴちぴちと踊る。
わが両手の中で、
わが感激の涙に濡れながら。

疑ふ人は来て見よ、
わが両手の中の人魚は
自然の海を出たまま、
一つ一つの鱗《うろこ》が
大理石の純白のうへに
薔薇の花の反射を持つてゐる。

――歌はどうして作る――

みだれ髪

上京記念

『みだれ髪』は、明治三十四年八月十五日付けで東京新詩社から刊行された、晶子の処女歌集である。ときに晶子二十二歳。著者名は鳳晶子であった。

明治三十三年四月、与謝野鉄幹が東京新詩社の機関雑誌として創刊した『明星』に、関西在住の同人として参加した晶子は、その年の八月、西下した鉄幹と初めて会う機会をもった。以前から師と仰ぎつづけてきた鉄幹との初対面が、自らの胸中に何を投じ何を残したかを、のちに晶子は「私の貞操感」のなかで、

「思ひも寄らぬ偶然の事から一人の男と相知るに到つて自分の性情は不思議な程激変した。自分は始めて現実的な恋愛の感情が我身を焦《こが》すのを覚えた。」

と語っている。性情の「激変」は、その歌風をも変えずにはおかなかった。淡い浪漫性に彩られていたそれまでの歌は、激しい心情を大胆に詠むものへと急速に変わりはじめていたのである。

そして十一月、ふたたび西下した鉄幹から紅葉狩りに誘

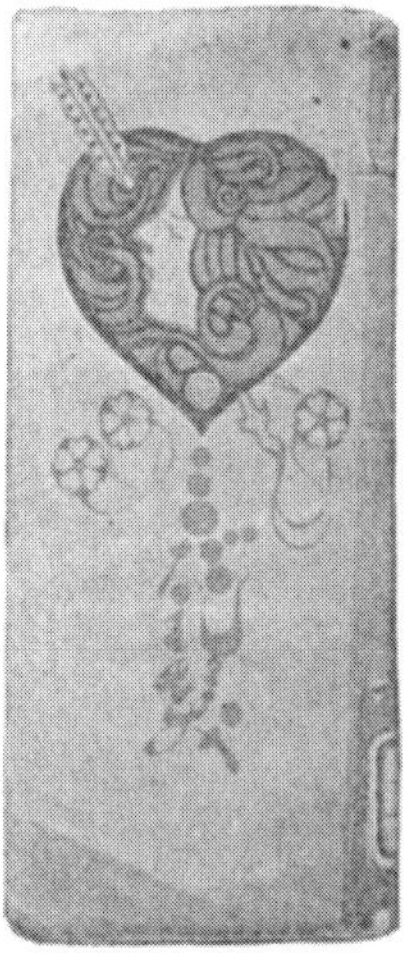

『みだれ髪』初版本表紙

われた晶子は、山川登美子とともに京都永観堂へと赴いた。そのころ、鉄幹と登美子はそれぞれ切迫した問題をかかえていた。鉄幹は妻滝野の実家林家への入籍問題に悩み、登美子は親の意向によってすすめられていた縁談に苦しんでいた。登美子には歌の道への執着と師鉄幹への思慕の情があった。仲の良いふたりが、ひとりの師を慕っているという事実は、晶子にとっても辛いことであった。しかし、二度の逢瀬をもったことによって、晶子の感情は激しく燃え立った。登美子はまもなく結婚のため帰省した。こうして明治三十三年が暮れていった。

翌三十四年一月、新詩社神戸支部と関西文学会共催の文学同好者大会に参加するため、鉄幹はみたび西下した。そして晶子は、初めてふたりだけの〝時〟を過ごした。京都粟田《あわた》への二泊三日の小旅行がそれである。しかし、晶子の鉄幹への愛は、誰からも祝福される愛ではなかった。鉄幹には妻もあり、子もあった。そのころの晶子は、自らを「こもり妻」といい、鉄幹に対しては「またの世までは忘れゐたまへ」と訴えかけている。けれども、晶子の胸中にともった灯は消えはしなかった。それはこの春を契機として、いっそう激しく燃えさかった。そして晶子は鉄幹にあてて、

「やすまむとせしに候へど、また店へまゐり候。毎夜やすむ前に「想思」(＊鉄幹の詩)を見るのに候。終りにみ写真見て、そしてやすむのに候。あたゝかくやすむのに候。……」(明治三十四年二月十五日付書簡)

と書いて送るようになっていた。そのころの晶子の鉄幹に寄せた愛がどんなに激しいものであったかは、ここに明らかであるが、同時に晶子は鉄幹との愛に強い不安や苦悩を感じることもあった。当時、『明星』に

晶子はつぎのような歌を発表している。

紫の理想の雲はちぎれ〳〵
仰ぐわが空それはた消えぬ

恋うせぬ空にてる日のあるか今
わが恋うせぬ恋うしなひぬ

同じころ、鉄幹も「恋人」としての晶子の存在を強く意識するようになっていた。そのころの鉄幹の作品には、

われまどふこれかりそめかわれまどふ
終にわりなの忘れがたなの

などという、愛に苦しむ心情を表白したものが少なくない。また、当時鉄幹が晶子に送った書簡には、つぎのように記されている。

「昨日木村鷹太郎氏来訪、泉州の女豪との関係を白状し玉へ。雑誌をそれで埋めるとはヒドシ、今ハ一般の輿論なれば弁疎ハ無用なり、何もバイロンは人よわくなるに及ばず、ヤルベシ〳〵とたゝみかけての詰問に、覚えず苦笑致候。………こよひ春の雨のむしあつき夜に候。粟田のかりねしのばれ候。あひたく候。………」(明治三十四年三月二十九日付)

ここには鉄幹の、晶子に寄せる感情の高揚が、ごく素直な形で吐露されている。

いわゆる文壇照魔鏡事件が興ったのはこのころのことである。「文壇照魔鏡」とは、鉄幹の名声を妬《ねた》む人が、鉄幹を社会的に葬り去ろうと刊行した小冊子の題名である。筆者も発行者も無論「不明」であった。この小冊子によって鉄幹は少なからぬ打撃を受けた。『明星』の同人たちのなかには、鉄幹を励まして、

「………世をあげて矢をむけ候なかに、さても君、つよく雄々しくおはし候かな。」(山川登美子)

「人の子のあられもなき咀《のろ》ひに、みこころなやめさせ給ふが胸いたく悲しく候。

まことあさましき人の世におはし候かな。

さはいへ何れはそれうちはたさせ給ふべきおんこと、うれしく候、こころづよく候。」(増田雅子)

などという書簡を『明星』誌上に寄せたものもあった。けれどもこの事件が新詩社に与えた影響は大きく、地方では解散を決議する支部も現われ、『明星』の購読者数も「激減」した。窮地に立たされた鉄幹の近況を知るにつれ、晶子の慕情がいっそうつのったであろうことは容易に推察されよう。

そして六月、ついに晶子は「くるしくてくるしくて」たまらぬままに上京した。それは故郷を捨て、家を

捨てての激しい恋の成就を意味するできごとであった。

『みだれ髪』に収められているのは、この前後の晶子の恋の歌である。

作品から

『みだれ髪』には三九九首の歌が収録されている。その配列は編年体ではなく、歌の内容から「臙脂紫」「蓮の花船」「白百合」「はたち妻」「舞姫」「春思」の六章に分けられている。『みだれ髪』に収められた三九九首のうち、二八六首は『明星』や『関西文学』などに発表された作品であるが、そのうち鉄幹に会う明治三十三年八月以前の作品は、わずか一四首しか採られていない。『みだれ髪』が「晶子の恋の産物」であったことは、このことからも知れよう。

『みだれ髪』の巻頭を飾ったのはつぎの一首である。

夜の帳にささめき尽きし星の今を
下界の人の鬢のほつれよ

以下、『みだれ髪』に収められた歌数首についてみていこう。

髪五尺ときなば水にやはらかき

少女ごころは秘めて放たじ

「五尺もある長い髪をといて水に浸すと、やわらかく水中に漂う。その黒髪のようにやわらかい少女ごころは、しっかりと内に秘めておいて、誰にでもたやすく開いてみせたりはしないでおこう。」という意味。

この歌の上三句は「少女ごころ」にかかる序詞のような役割りを果たしていて、主体は下の句にある。晶子の作品には、この歌のように、「髪」や「黒髪」ということばを織り込んだものが数多くある。つぎの歌もその一首である。

その子二十《はたち》櫛にながるる黒髪の
おごりの春のうつくしきかな

「その子はまさに二十歳。櫛けずる黒髪は、流れるように美しく豊かである。その誇りに満ちた青春の何と美しいことよ。」という意味。

「その子」は作者自身である。初句で「その子二十」と言い切った初句切れの歌であり、二句以下には「の」を重ねることによって生じた流麗なリズムがある。下の句からは、自らの青春の美しさを誇らずにはいられない作者の高ぶった心情が感じ取れよう。この歌は明治三十四年八月の『小天地』に発表されたものである。晶子が生家を捨てて鉄幹のもとに走ったのは、同年六月のことであった。「おごりの春」ということばには、鉄幹との日々から得た晶子の自信と誇りが映し出されている。

自らの美しさに陶酔感や強い満足感を覚えることをナルシシズムというが、晶子の歌の特色のひとつにこのナルシシズムがある。それは晶子に限らず、浪漫主義者や女流文芸家の作品に、多かれ少なかれ共通してみられる傾向であるが、なかでも晶子のナルシシズムはその典型的なものである。「おごりの春」の美しさを謳歌したこの歌は、歌意からいっても「ナルシシズムの歌」である。また、晶子のナルシシズムは、この歌をも含めて、自らの美しい「黒髪」や「肌」を素材とすることによって顕われることが多い。

京都祇園付近

清水へ祇園をよぎる桜月夜
こよひ逢ふ人みなうつくしき

「祇園を通り抜けて清水寺へ行こうとそぞろ歩きをしていると、折から咲いている桜に月が照りかかっている。今宵行き交う人は、誰もかれもがみな美しくみえることです。」という意味。

数多い晶子の作品の中でも、もっともよく知られた歌のひとつである。桜咲くころのなまめかしい京の情趣を、「清水」「祇園」という特殊な語感をもつ固有名詞によってあらわし、さらに「桜月夜」という造語を加えて、それを印象的に定着した作品である。晶子の歌には造語が多い。これも晶子の歌風の特色のひとつである。また、最後の「うつくしき」という連体止めは、桜月夜の美しさに感動した作者の感銘の深さを語るものである。この歌は明治三十四年五月の『明星』に発表された。京都の桜月夜はそれ自体この上なく美しい。けれども、この歌で注目されるのは、作者が行き交う人すべてを「みな美しい」と感じ、表現していることである。ここからは鉄幹との愛によって美化され、浄化された晶子の心情を感じ取ることができよう。

やは肌のあつき血汐にふれも見で
さびしからずや道を説く君

「若い女性の柔肌の下に流れている熱い血潮に触れもしないで、熱心に道をお説きになっているあなたよ。淋しくはないのですか。」という意味。

『みだれ髪』中、というよりは晶子の全作品中で、もっとも広く人口に膾炙《かいしゃ》した歌である。発表当時から現在にいたるまで、これほどさまざまな物議をかもした歌も珍しい。まず問題にされるのは「道を説く君」である。この「道を説く君」は、発表当時は「道徳家」（平出修、上田敏）と解釈され、現在では鉄幹を指すとも、河野鉄南を指すともいわれている。伝記編でも触れておいたが、この「君」は晶子の鉄南宛ての書簡によれば、鉄南とも解される。しかし、この歌が明治三十三年十月の『明星』に発表されていることを考慮に入れれば、鉄南説には疑問が残る。発表時にポイントをおいて考えれば、鉄幹を指すともいえなくはない。

それはともかく、この歌は発表と同時に歌壇内外に激しいセンセイションを捲き起こした。封建的な儒教倫理が人々を支配し、拘束していた明治の中期に、ひとりのうら若い女性が、その躍動する内面を大胆にうたいあげたというところに、世の人々は注目し、驚嘆の声を放ったのである。

もうひとつこの歌で注目されるのは「やは肌」ということばの使用である。当時の通念では、「うら若き子女」がこのようなことばを用いて歌を詠むということ自体、思いもよらぬことであった。けれども「やは肌」ということばは、すでに韻文でも使用されていたことばである。『みだれ髪』でしばしば使用されている「黒髪」や「あつき血汐」などということばも同様である。特異な語感をもつことばを縦横に駆使したことによって知られる『みだれ髪』も、そのことばに即していえば、晶子に先行した新体詩人たちの詩歌から影響を受けているのである。このことに触れて、のちに

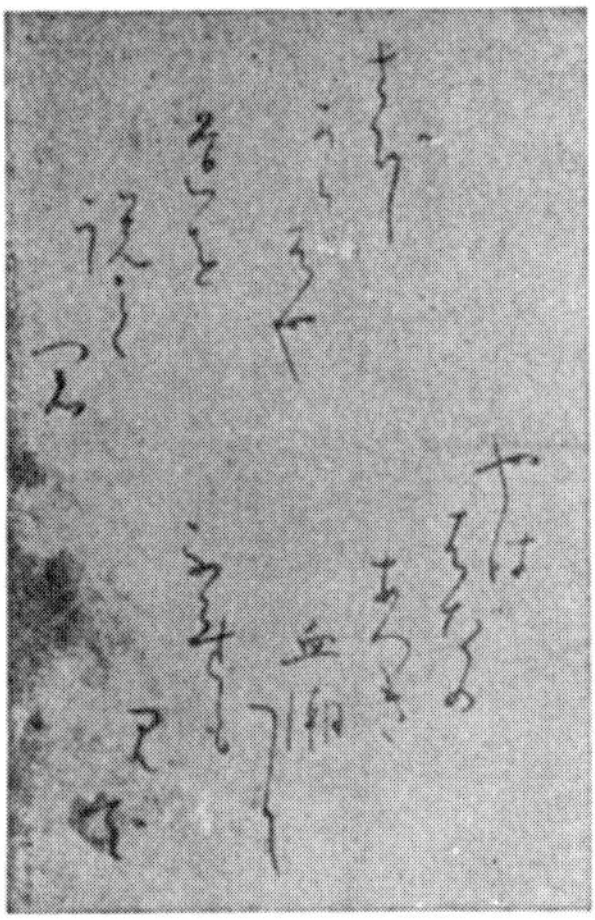
晶子自筆「やは肌の」の歌

晶子は、

「私が歌を作り初めたのは明治三十年頃の二十歳前後からであったようである。島崎藤村氏の新しい詩が雑誌『文学界』に発表され、続いて幾冊かの詩集が出版され、薄田泣菫氏が新鮮な詩を多く示されたより後のことである。私は、二氏に負ふ所が多いのである。………私は詩が解るようになつて居ながら、また相当に日本語を多く知りながら表現する所は泣菫氏の言葉使ひであり、藤村氏の模倣に過ぎなかった。」

（岩波文庫『与謝野晶子歌集』）

と語っている。『みだれ髪』が、その表現や発想において藤村や泣菫の新体詩の影響を受けていることはここに明らかであるが、その「言葉使ひ」に限定していえば、たとえば、「やは肌の」という歌以外にも、前出の「その子二十」にみえる「黒髪」ということば、また「春みじかし何に不滅の命ぞとちからある乳を手にさぐらせぬ」の「乳」ということばなどは、いずれもすでに泣菫が『暮笛集』（明治三十二年十一月刊）で幾度となく使用したことばである。「やは肌」ということばを泣菫は、「村娘」でつぎのように用いている。

「誰に語らん和肌《やははだ》に／指をさはれば此は憂しや／潮に似たる胸の気の／浪とゆらぐを今ぞ知る」

以下、「血汐」「黒髪」「みだれ髪」「乳房」などということばも、おのおのつぎのように用いられている。

「振りこぼれたる前髪の／にほふ額に手をふれて／玉の指環にあたゝかき／血汐の湧くを覚えずや」（「壁

にそめたる」)

「か細きほつれも胸にまきて／人の子とらへん力ありや／梳《けづ》ればかすかに肩をうちて／黒髪八尺櫛にながる」(「鬢の毛」)

「葉ごしにさしいる朝日影に／むすべば悲しや吾涙の／唐紅《からくれなゐ》なる色にしみて／真玉手《またまで》さしかへ眠る夜半の／乱るゝ髪をも染めぬべきに／色なき石のみぬれて見えぬ」(「紅涙」)

「人目や煩らふ雲に似たる／やさしき乳房を頬によせて／夢路の美酒《うまざけ》くまんのみを／羨ましいかな色を若み／玉なる肌に香《かを》れとてや／腕にまかるゝ紅絹《もみ》の袖の」(「紅絹袖」)

また藤村は『若菜集』（明治三十年八月刊）で、同様なことばをつぎのように用いている。

「くろかみながく／やはらかき／をんなごゝろを／たれかしる」(「おきく」)

泣菫や藤村の新体詩では、「やは肌」も「みだれ髪」も、多く象徴的な意味をもったひとつの素材としてあつかわれている。晶子の場合、それは象徴ではなく、自らの感情や心情そのものをあらわすことばであった。つまり、晶子は詩歌の世界ですでに用いられていたことばに、新しい生命を与えたといえるのである。

『みだれ髪』は、「言葉使い」の面においても、新生面を切り開いた歌集である。

　なにとなく君に待たるるここちして
出でし花野の夕月夜かな

「何ということもなく恋人に待たれているような気がして、夕月の美しい宵、花の咲き乱れている野に出て来ました。」という意味。

淡い慕情を素直にうたった、いたって平明な作である。『みだれ髪』には、作者の一種の気負いと激情とを感じさせる歌が数多く収められているが、なかにはこの歌のように、柔らかな浪漫的情趣をかもし出すリリカルな歌もある。この歌のそんなところを作者も愛好したのであろう。後年、『みだれ髪』に収めた歌の多くを嫌って選集にも採録しなかった晶子が、この一首はさまざまな選集に採りあげている。

むねの清水あふれてつひに濁りけり
君も罪の子我も罪の子

「私の胸に秘めていた清らかな清水のような感情も、あなたを思う気持ちがつのるあまり濁ってしまいました。そうさせたあなたも罪な方ですし、妻子あるあなたをそれほどまでにしたう私も罪の子なのですね。」という意味。

妻子ある人を思う作者の苦悩を詠んだ歌である。自我に目覚め、古いモラルに敢然と反抗した晶子ではあったが、心の片隅には、いつも「罪」の意識が存在していたのであろう。愛の勝利を誇らかに歌いあげるにいたるまで、作者がいかに悩み、苦しんだかは、ここにありありと示されている。なお、晶子は「罪」ということばをしばしば用いた人である。たとえば、「椿それも梅もさなりき白かりきわが罪問はぬ色桃に見る」という歌があるほか、「われはつみの子に候。」などと記した河野鉄南宛ての書簡もある。

いとせめてもゆるがままにもえしめよ
斯くぞ覚ゆる暮れて行く春

「春は今、終わろうとしている。私の青春ももう終わりに近づいている。それならば、せめて私の情熱の燃えるがままに思いきり燃えさせてみよう、と思っています。」という意味。

「暮れて行く春」は、春の終わりをあらわすとともに、終末に近づいた自らの青春をも意味することばである。この歌は明治三十四年七月の『明星』に発表された。晶子の上京は同年六月のことであった。そのことを考慮に入れれば、この歌はいっそうよく理解されよう。妻子ある人との恋愛は、むろん周囲から歓迎されるものではなかった。決意を固めての上京であったが、鉄幹との新生活をはじめた直後の晶子は、予想外に酷しい周囲の目を感じたにちがいない。そんな周囲に屈しまい、負けまいと我が身に言いきかせながら生きた晶子の緊迫した日々を伝える歌である。迫力に富んだ上の句が印象的、効果的である。

道を云はず後を思はず名を問はず
ここに恋ひ恋ふ君と我と見る

「世間でいう道徳などは問題にせず、後のことも考えず、また世間の評判も気にしないで、ただひたすら恋し合っているあなたとわたしですね。」という意味。

上の句では「云はず」「思はず」「問はず」と、三つの「ず」を繰り返し用いて、力強い韻律を生み出し、つづいての下の句では「ここに恋ひ恋ふ」とK音に頭韻を置いて重ねた、技巧的な作品である。技巧的ではあるが、この歌の場合、その技巧は、恋に陶酔することのすばらしさを大胆に主張した歌意を強調する役割を果たしている。巧みな技巧によって、主題を効果的にあらわすことに成功した作品である。この歌は、明治三十四年三月の『明星』に発表されたものである。

人間讃歌　『みだれ髪』は、短歌史上に一エポックを画した歌集である。刊行時から現在まで、これほどさまざまに論議され注目されつづけてきた歌集も珍しい。

刊行当時、これを好意的に評したのは、上田敏や小島烏水ら『明星』およびその周辺にいた人々であった。上田敏は『明星』誌上でつぎのような賛辞を呈している。

「『みだれ髪』は耳を欹《そばだ》てしむる歌集なり。詩に近づきし人の作なり。情熱ある詩人の著なり、唯容態のすこしほのみゆるを憾《うらみ》となし、沈静の欠けたるを瑕《きず》となせど、詩壇革新の先駆として、又女性の作として、歓迎すべき価値多し。其調の奇峭と其想の奔放に惘《あき》れて、漫《みだり》に罵倒する者は文芸の友にあらず。」(「みだれ髪を読む」『明星』三十四年十月)

また、評論家小島烏水はつぎのように絶賛している。

「従変横化、左回右旋、奔放跳躍、万千の奇態を極尽して三十一文字の能事畢《おわ》ること、この女詩人の如きは稀なり。……秋の心霊ありて、形骸を春にするもの、夫れ鳳晶子歟《か》。堂々男子、彼に逢ふて頭髪を髠《こん》せむことを想はざらむ歟。……『紫』『迦具土』而して『みだれ髪』、三書突如文壇に落ち来りて、和歌の一大劈開《へきかい》は創まれり。知らず、次いで何物か来るべきを。」(「新派歌人評論」『文庫』三十四年十月)

一方、酷評もまた賛辞に劣らず多かった。高山樗牛などは、

「『乱れ髪』は一時奇才を歌はれたれども、浮情浅想、久しうして堪ゆべからざるを覚ゆ。」(「みだれ髪」『太陽』三十四年十月)

と評し、佐佐木信綱主宰の短歌雑誌『心の華』は、その評で、罵倒ともいうべき酷評をくだしている。たとえば、『みだれ髪』中の一首「君さらば巫山《ふざん》の春の一夜妻またの夜までは忘れゐたまへ」をとりあげて、

「……余は歌人にあらずと雖も、此意を解するに苦まず、道徳は世の以て成立する所、道徳頽廃せば天下何によりて少時も維持する事を得ん……此一書は既に猥行醜態を記したる所多し人心に害あり世教に毒あるものと判定するに憚らざるなり。」(「みだれ髪・歌集総まくり」明治三十四年九月)

と断じている。

こうした識者の評をも含めて、『みだれ髪』に対する世評は、鉄幹がいうように「甲是乙非、誠に騒然たるもの」であった。世評のなかには、単なる「仲間ぼめ」や「酷評の為の酷評」がなかったわけではないが、いずれにせよその多くは、『みだれ髪』にみられる前代未聞の「新しさ」をめぐってのものだった。『みだれ髪』において、その新しさのあらわれ方は一様ではない。奔騰する官能を賛嘆して、濃艶な世界として定着したつぎのような歌がある。

春みじかし何に不滅の命ぞと
ちからある乳を手にさぐらせぬ

晶子の独壇場としかいいようのない歌である。また、自らの肉体の美しさを誰はばかることなくうたいあげた、つぎのような歌もある。

罪おほき男こらせと肌きよく
黒髪ながくつくられし我れ

いわゆるナルシシズムの歌である。そして人々の盲目的な崇拝の対象となっていた聖なるものを、神々の座から人間の場に移し換えてひとつの素材とした、つぎのような「偶像破壊」の歌がある。

経はにがし春のゆふべを奥の院の
二十五菩薩歌うけたまへ

ほかに『みだれ髪』には、のちに歌人斎藤茂吉から「早熟の少女が早口にものいふ如き」(『明治大正短歌史』)と評された「歌風」についての問題がある。茂吉の指摘は、この歌集の表現上の特色を巧みにいいあてている。けれども『みだれ髪』においては、その未熟な「歌風」が歌意とあいまって、特異な効果をあげているともいえる。たとえば、一首中に二つの「字余り」をもつ、つぎの歌がそれである。

さびしさに百二十里をそぞろ来ぬと
云ふ人あらばあらば如何ならむ

三句と五句に「字余り」がある。「字余り」はこの歌の場合、恋人を待つ作者の感情の高まりを生きいきと伝える役割りを果たしている。『みだれ髪』のもつ「新しさ」は、こうした未熟な「歌風」によって、いっそう強調されているともいえるのである。

晶子は『みだれ髪』で、青春の情熱を賛美した。激情のおもむくままに、燃えさかる官能をうたいあげた。自らの恋愛感情に即しながら、あるがままの人間性を賛嘆し、肯定した。それは、封建的な因習とモラルの下で抑圧されていた人間の、人間性の解放を求める声であった。そしてそれは、非人間的な因習に対する大胆な挑戦を意味した。歌集『みだれ髪』が世の脚光をあびた最大の原因は、ここにあったのである。

『みだれ髪』の刊行は、前述したように歌壇内外に一大センセーションを捲き起こした。そしてそれは、雑誌『明星』を中心とする中期浪漫主義運動を促進し、その黄金時代現出のための端緒となったのである。また、広く文学史上にその位置をさぐれば、『みだれ髪』は、北村透谷や島崎藤村ら『文学界』同人を中心として展開された前期浪漫主義運動を継承し、発展させた作品といえるのである。

恋衣

合著

『恋衣』は、晶子、山川登美子、増田雅子の三人の詩歌を収めて、明治三十八年一月一日、東京本郷の本郷書院から刊行された歌集である。晶子にとっては、『みだれ髪』『小扇』『毒草』につぐ第四歌集であった。明治三十四年八月、処女歌集『みだれ髪』を刊行し、「『明星』のクヰーン」としての座を占めた晶子は、その後三十七年一月には歌集『小扇』を、同年五月には鉄幹との共著、詩歌文集『毒草』を刊行していた。

『みだれ髪』は、前述したように晶子の上京前後の作品から成る歌集であったが、『小扇』『毒草』は結婚後の作品を収めたものである。

与謝野夫妻が共著『毒草』を刊行した直前、晶子の旧友山川登美子が上京した。登美子はわずか二年の結婚生活ののち夫駐七郎と死別し、寡婦となっていた。そして三十七年春には再出発を期して上京、日本女子大学英文科に入学していたのである。同じ年、同じ女子大の国文科には、大阪から上京、入学した増田雅子がいた。ふたりは顔を合わすのは初めてであったが、すでに『明星』誌上での知己であった。登美子と雅子は手をたずさえて、しばしば与謝野家を訪れた。晶子と登美子の再会は、ふたりにとって大きな喜びであった。晶子は再会を喜んで、

渋谷なるまづしき家に君むかへ
見ぬ四年をば泣きて語りし

とうたっている。登美子は夫駐七郎の療養中は歌の発表をひかえていたが、上京を機にふたたび意欲的に作品の発表を始めていた。同じように一年半ほどの間沈黙を保っていた雅子も、上

『恋衣』初版本表紙

17歳当時の山川登美子

京した年の六月から『明星』誌上に作品を掲載し始めていた。新詩社は、「新詩社の三才媛」とうたわれた三人の女流歌人の意欲的な参加を得て活気を呈し、『明星』誌上にも漸次華やいだ色彩が加わっていった。

そして秋、この三人の作品を一冊に編むという話が具体化した。そのもようを新詩社の同人のひとり茅野蕭々は、日記で、

「九月十八日

午前の中は歌等直して午後より渋谷へ。暑き日なり。

山川、増田の君達来り居給ふ。例の詩集編纂の為めなるべし。……」（『蕭々雅子遺稿集』）

と伝えている。作品集の刊行は、すでに三冊の著書をもつ晶子にとってはとくに目新しいことではなかったが、登美子と雅子のふたりには初めての経験であった。『恋衣』はふたりにとっては共通の処女歌集であった。

この年、明治三十七年の二月、日露戦争が勃発した。晶子が九月の『明星』に発表した反戦詩「君死にたまふことなかれ」をめぐっての論難は、依然として続いていた。そうした風潮が影響したのか、『恋衣』の刊行に胸はずませていた登美子と雅子に、いわゆる「恋衣事件」がおこった。「恋衣事件」とは、日本女子大当局が、在学生である山川登美子と増田雅子のふたりが晶子と共著の歌集を出すということについて干渉

した事件である。この間の事情については詳細は不明であるが、蕭々の日記中のつぎの一節、

「十一月十三日

……恋ごろもの出版、女子大学の方にて何か妨害せしとか、わからぬ人の多き世や、与謝野師の力にて出版することとはなりしとぞ。」（『蕭々雅子遺稿集』）

や、『新潮』誌上の、

「『恋ごろも』といふものが、三天才女史の合著で新詩社から出るさうだ。山川とみ子は其一人なので、そんなものを出しては学校の体面に関すると云ふ処から、女子大学で説諭に及んだとの事だ。」（「閑話」『新潮』明治三十七年十二月）

などという記事からおおよその見当はつく。女子大当局がふたりに対し何らかの形で圧迫を加えたということは事実であろう。しかしこの「恋衣事件」も、結果的には『恋衣』刊行の前景気をあおるのに一役買った形となって終わった。

そして新詩社は、『明星』十一月号でこうした世の風潮に対する「ひらきぶみ」ともいえる、つぎのような広告を発表した。

「山川登美子、増田雅子、与謝野晶子の三女史は、多年新詩社の閨秀作家として、詩名夙《はや》く『明星』紙上に顕れぬ。近時我国短詩壇の潮流いと新しきものあるは、実に女史等首唱の力多きに由れり。……与謝野女史は既に二三の著あり。山川、増田二女史に至りては、この集を以て初めてその詩才を窺ふべし。世

を挙げて功利に趨《はし》り、未だ文芸の真価を知らず、書を読めりと称する者、往々猶偽善者道徳者の口吻を以て詩歌美術を律せむとする時に当り、明眸繊指の人、熱意かばかりに自家を語るを見るは、詩界の偉観なるのみならず、人間の栄誉、生命、まことに此に在るを悟るべきなり。」――広告文より――

なお、『恋衣』の発行日は明治三十八年一月一日付けであるが、実際には、新刊本の発売日がそれより早い例のように三十七年度中に発行されたものである。このことは、歌人若山牧水の日記につぎのような記述があることからも明らかである。

「十二月二十四日　晴（*明治三十七年十二月二十四日）

朝、金を受取つて矢来町あたりの書店に「紅葉全集」第六巻を求めたれど未だ市に上らず。帰つて、北原君の、故郷の憫れなる話を聴きて、われも泣きつ。

午下、有耶無耶。夜、また出でゝ『金色夜叉』（紅葉全集六の巻）及び登美子、雅子、晶子等の詩集「恋ごろも」と、来年の日記など買い込み帰りぬ。寝るまでそれ読みて。………」（『牧水全集』第十二巻）

作品から　『恋衣』は巻頭に「詩人薄田泣菫の君に捧げまつる」という献辞を添えて刊行された歌集である。ここに収められているのは、「白百合」と題する山川登美子の歌一三一首、「みをつくし」と題する増田雅子の歌一一三首、「曙染」と題する与謝野晶子の歌一四八首で、ほかに例の「君死にたまふことなかれ」をはじめとする晶子の詩六編も収録されている。晶子の歌は三十七年後半に詠まれたものが多く、詩を数編収めたことが登美子や雅子と異なっている。

「曙染」の巻頭を飾ったのはつぎの歌である。

春曙抄に伊勢をかさねてかさ足らぬ
枕はやがてくづれけるかな

「春曙抄に伊勢物語をつみ重ねて昼のうたたねの枕がわりにしたが、すこうし高さが足りないようだ。でもその枕もまもなくくずれてしまったことですよ。」という意味。

『春曙抄《しゅんしょしょう》』は正しくは『枕草子春曙抄』、江戸前期の国学者北村季吟の手になる『枕草子』の注釈書である。昼の仮寝に手もとの書物を、ちょっと枕がわりにかりたのであろうが、そのかりた書物が『枕草子』の注釈書と『伊勢物語』であったというところに、晶子の面目が躍如としていて興味深い。誰でもがするしぐさを歌ったものであるが、春のけだるさと豊艶な女らしい雰囲気とが感じられる歌である。こんな枕をして寝たならば、さぞかし華やいだ夢がみられるにちがいない、とそんな感じさえもおこってこよう。何となく浮世絵の世界をしのばせる作品である。

海恋し潮の遠鳴りかぞへては
少女となりし父母の家

「ああ海が恋しい。故郷では潮鳴りを遠くに聞きながら育った私だけに海が恋しい。海を思うたびに家を思い、父母が恋しく思われる。」という意味。

海に近い堺の街で潮の遠鳴りを聞きながら成長した晶子にとって、海に遠い東京の夏は、それだけに折にふれ故郷をしのばせるよすがとなったのであろう。望郷の念を、「海」「潮の遠鳴り」「故郷堺」「生家」「父母」と、脳裡に点滅する情景に託してうたい、クローズアップした作品である。恋のために、家も親も故郷も捨てて上京した晶子ではあるが、この頃（三十七年八月）になると、しばしば望郷の歌をよむようになっている。

こうした傾向は『恋衣』以後の、明治期の晶子の作品にいっそうはっきりした形をとってあらわれている。歌集『舞姫』（三十九年一月）、『常夏』（四十一年七月）、『佐保姫』（四十二年五月）、『青海波』（四十五年一月）などの中から数首をあげておこう。

ふるさとの潮の遠音のわが胸に
ひびくを覚ゆ初夏の雲　『舞姫』

春の水ながるる音をそら耳す
西の都のこひしき夜半に　『常夏』

歌よむと外法づかひを忌むごとく

云ひける兄のけふも恋しき　『常夏』

ちぬの海淡路につづく平らなる
潮干の海に琴置き弾かむ　『佐保姫』

七八とせ京大阪を見ずなりぬ
遠き島にも住まなくにわれ　『青海波』

鎌倉や御仏なれど釈迦牟尼は
美男におはす夏木立かな

「夏木立を背にして坐っていらっしゃる鎌倉の大仏さま、御仏とはいえ、この釈迦牟尼は何と美男子でいらっしゃいますことよ。」という意味。

「やわ肌の……」とならんで人口に膾炙《かいしゃ》した歌である。この歌の面白さは、何といっても「偶像破壊の歌風」にある。仏像に対して人間的な評価を加えている作者の目は、当時にあってはまったく型破りであった。崇拝の対象以外の何物でもなかった大仏さまに対して、「何と美男子でいらっしゃる」という感覚で接している作者、ここからは既成の概念にはいっさいとらわれまいとする晶子の姿勢がうかがえよう。

このように、聖なるものを人間の座に引き降ろしたいわゆる「偶像破壊の歌」は、すでに北村透谷や藤村の詩にもみられるひとつの傾向であった。たとえば、孤児の「おつた」が若き聖《ひじり》に救われて処女《おとめ》となり、のちにその聖に酒をすすめ誘惑する女となる、という『若菜集』所収の藤村の新体詩「おつた」がそれである。晶子自身の作品としては、『恋衣』以前にもつぎのような歌がある。

経はにがし春のゆふべを奥の院の
二十五菩薩歌うけたまへ　　　　『みだれ髪』

御相いとどしたしみやすきなつかしき
若葉木立の中の盧遮那仏《るしやなぶつ》　　　『みだれ髪』

後者は「鎌倉や……」の歌の原型と考えられる。

なおこの「釈迦牟尼」については、川端康成の『山の音』に、「与謝野晶子の歌碑が建ったと聞いているので、裏の方へ行ってみると、晶子自身の字を拡大して、石に刻んだものらしかった。「やはり、（釈迦牟尼は…）となつてるね。」と信吾は言つた。…………「大仏は釈迦じゃないんだよ。実は阿弥陀さんなんだ。まちがいだから、歌も直したが、釈迦牟尼は、で通ってる歌で、いまさら弥陀仏はとか、大仏はとか言うのでは、調子が悪いし、仏という字が重なる。しかし、こうして歌碑になると、やはりまちがいだな」」という一節がある。ここからも明らかなように、鎌倉の大仏は正しくは阿弥陀如来なのである。このことについては、のちに晶子自身も認めているが、「鎌倉や……」という歌を鑑賞する場合、それはさほど問題にはなるまい。この歌の生命は、聖なるものを人間のレベルにまで引き降ろさずにはおかなかった、作者のロマンチックな自己主張がおおらかな形をとって表白されているところにあるのである。

ほととぎす治承寿永のおん国母《こくも》
三十にして経よます寺

「ほととぎすが鳴いている。ここは治承寿永の時代に在住された安徳天皇の御母である建礼門院が、三十の若さで出家して経をお読みになっていらっしゃるお寺、寂光院である。」という意味。

『平家物語』をふまえた作である。とくに『平家物語』中の「大原御幸」の物語を知っていれば、この歌の妙味はいっそうよく理解できよう。幼い頃から古典に親しんできた晶子は、その情趣に富んだ世界への憧れが人一倍強かった。晶子にかぎらず、明星派の人々の作品には古典的王朝的世界への強い憧れをよんだものが多いが、晶子の場合は、それが古典の知識の深さとあいまって、いっそう趣のある世界として現われている。同種のものとして、『源氏物語』をふまえた、

鬼が栖《す》むひがしの国へ春いなむ
除目《じもく》に洩れし常陸介と

などの歌があげられる。

金色のちひさき鳥のかたちして
銀杏ちるなり夕日の岡に

「まるで金色の小さな鳥が飛んでいるようなかたちをして、銀杏の葉が散っている。あの夕陽の射している美しい岡の上で。」という意味。

黄色の銀杏の葉が、夕陽に映えてちらちらと散っていくようすを歌ったものである。その銀杏の葉を「金色のちひさき鳥のかたち」という比喩によって表現したところからは、晶子の〝美〟に対する感覚の鋭さが感じ取れよう。小鳥にたとえたことによって、銀杏の葉の舞うように落ちていくありさまが、実に鮮明に描き出されている。また、金色と落日の赤という色彩の組み合わせは、この歌の色調や印象を洋画風のものにしている。

王朝趣味

『恋衣』は、『みだれ髪』『小扇』と合わせて、しばしば晶子の初期三部作と称される。それは三冊の歌集のスタイルが縦長のよく似た形であったことから付された名称であるが、スタイルだけではなく、この歌集までの晶子の歌風が、ほぼ似たような傾向を示しているからでもある。『みだれ髪』で、上京前後の激情を吐露した晶子は、その情熱のおもむくままに詠んだかなり難解な作品を発表したが、一方では、愛情によって彩られた豊かな心情にもとづく「清水へ……」のような唯美的な作品をも残している。『みだれ髪』にみられた、こうした唯美的な浪漫性を継承したのが『小扇』であり、『恋衣』である。たとえば『小扇』には、

春ゆふべそぼふる雨の大原や
花に狐の睡《ぬ》る寂光院

など、『みだれ髪』に収められた歌と区別のつきにくいものが多く収められている。なかには、そのころの晶子の私生活上の変化や、それにともなう心情の動揺を感じさせる作品も、ごくわずかではあるが収録されている。けれどもその大半は、美しい夢の世界を詠んだ歌である。

そうした唯美的な浪漫性が、いっそう強くあらわれてきたのが『恋衣』である。この歌集は、刊行の翌月

からさまざまに批評された。そのおもなものは、

『恋ごろも』を読む　星下郊人『明星』三十八年二月
『恋ごろも』　指玉『明星』三十八年三月
とみ子とまさ子　平出修　『明星』三十八年三月
新派女性の歌　緒方流水　『中央公論』三十八年二月
『恋衣』の歌人　天壇　『帝国文学』三十八年二月

などである。平出修の評は登美子と雅子の作品について論じたもので、晶子の作品についてはふれていない。『恋衣』全般について詳細に論じたのは、星下郊人（生田長江）の「『恋ごろも』を読む」である。ここで生田長江は、『恋衣』を新詩社の傾向を代表するものとしてとらえ、「新詩社に就て其特徴を挙げ其傾向を論ずると云ふことが、同時に亦『恋ごろも』に対する所見の殆んど半ばを尽したものとなる」とのべている。そしてさらに、新詩社の特徴や傾向にふれて、「人生の興味を専ら美的に観ずる」ことが「新詩社本来の著しい傾向」であるといい、『恋衣』を読んだことによって「一層此感を深く」したとのべている。この長江の批評は、『恋衣』の特色を適確に指摘したものであった。また、長江は『恋衣』の刊行が、わが国の浪漫主義運動に何をもたらしたかを論じて、つぎのようにのべている。

「……此傾向（＊新詩社の唯美的傾向）が其初めは、先年の文学界などの流を汲むで、専ら「ウェルテルリズム」や「バイロニズム」など云ふやうな、所謂感情主義、超道徳主義と聯結して居たが、近来に至つ

ては漸く王朝時代の渇仰に基いて小規模ながら一種の「ルネッサンス」的思潮をも伴ふやうになつたことであります。」

つまり、王朝への強い憧れや王朝趣味が、『恋衣』のころから復活し始めたといっているのである。たしかに『恋衣』に収められた晶子の歌には、王朝趣味の横溢する作品が多い。たとえば、

ほととぎす治承寿永のおん国母
三十にして経よます寺

という歌は、王朝時代の物語に取材した「物語歌」であるし、

高つきの燭は牡丹に近うやれ
われを照すは御冠《みかむり》の珠
きざはしの玉靴小靴《をぐつ》いでまさずば
牡丹ちらむと奏さまほしき

などには、王朝的世界に憧れる作者の心象がうつし出されている。また、指玉は『恋衣』における晶子のこ

とばの用い方を論じて、「王孫、深院、金襴、御料、除目、国母、人衆」などという「漢字及経典の語」の頻用を指摘している。こうしたことばの頻用も、『恋衣』の王朝的情趣に富んだ世界の形成に効果的な役割を果たしているのである。

『恋衣』は、新詩社初期の「感情主義」的な浪漫主義に、王朝的情趣の横溢する世界を加え、ひとつの方向として定着させた歌集ということができよう。

なお、『恋衣』は山川登美子にとっては、唯一の歌集である。

「舞姫」

推移

『舞姫』は、明治三十九年一月、東京日本橋の如山堂書店から刊行された晶子の第五歌集である。ここには、前年明治三十八年に発表された作品三〇二首が収められている。

そのころの晶子はすでに二児の母親になっていた。相変わらず貧しかったが、与謝野家には幸福な日々が続いていた。千駄ヶ谷の与謝野家では、新詩社の同人たちがしばしば夜を徹して百首歌会を開いたりした。晶子の創作活動もきわめて意欲的であった。当時を晶子はつぎのように回想している。

「この明治卅八年と云ふ年は、わたくしの廿八才に当るのである。わたくしの物質生活が極めて貧困であつた時代で、わたくしは外出着に、冬は一枚の銘仙の羽織と、夏は縮の浴衣が一枚あつただけである。併しわたくしは、さう云ふ中で、歌の三昧に入つてしまふと、何事も忘れることの出来た幸福な時代であつた。」(『現代短歌全集』後書き)

『舞姫』の刊行に先だち、晶子は処女歌集『みだれ髪』を改訂している。『みだれ髪』の改訂には、『舞姫』に収めた作品を詠んでいたころの、晶子の詠風に対する考え方の変遷が暗示されているので、ここではその改訂がどんなものであったかをみておこう。

『みだれ髪』の改訂は、明治三十七年九月の三版発行を機に行なわれたものである。その際、晶子は初版に収めた三九九首の中から二〇首あまりを選び出して、同時代の他の作品と変えている。削除された作品には、官能の世界をうたったものと難解なものが多かった。たとえば『みだれ髪』の刊行当時、晶子の歌風をもっともよくあらわす作として注目された、つぎの歌は削除されている。

『舞姫』とびら

君さらば巫山《ふざん》の春のひと夜妻
またの世までは忘れゐたまへ

そして、その代わりにつぎの一首が採られている。

いくたびも家相を悪しとききながら
ぬきがてにするくね柳かな

この二首を比較した場合、必ずしも後者が前者より優れているとはいい得ない。同様なことは、他の削除された作品にもほぼ共通していえることである。つまり、『みだれ髪』の改訂に際し、晶子はひとつの方針をもって臨んでいたといえるのである。その方針がどんなものであったかは、のちの晶子のつぎのような述懐から、ある程度うかがえよう。

「教科書などに、後年の作の三十分の一もなく、また質の甚しく粗雑でしかない初期のものの中から採られた歌の多いことで私は常に悲しんで居る。」（岩波文庫『与謝野晶子歌集』奥書）

「……『乱れ髪』『小扇』二集の歌は大正五年の初に、或る書肆がわたくしの「短歌全集」といふものを出版したいと云った時わたくしは自分の初期の作の採るに足らぬことを述べて断ったに関らず、その書肆の懇望によつて、已む無く捨てないこととした結果、当時のわたくしはみづから添削を加へて採録したのである。併し今日に至つて其等の歌を見てわたくしは決して自ら快しとしない。それで此集には其等の歌を総べて捨てることにした。」（『現代短歌全集』第五巻後書き）

晶子のいう「質の甚しく粗雑でしかない初期のもの」ということばの中には、官能の世界を大胆にうたった歌や難解な歌もむろん含まれている。晶子は『みだれ髪』の改訂に際し、自らが未熟だと認めた作を整理する方針で臨んだのである。

『舞姫』に収めた作品を執筆していたころの晶子は、初期の作にみられる未熟な「詠みぶり」に嫌悪の情を抱くようになっていた。それは、とりもなおさず晶子の感情と詠風の推移を示すものであった。華やかな激情的な世界から、晶子はしだいに脱皮しはじめていたのである。

浪漫的叙景歌　『舞姫』は、巻頭に「西の京三本樹のお愛様にこのひと巻をまゐらせ候」という献辞を掲げた歌集である。「お愛」とは京都市上京区三本樹にあった信楽《しがらき》旅館の女主人の名である。

『舞姫』においてまず注目されるのは、つぎの一首に代表されるひとつの傾向である。

遠つあふみ大河ながるる国なかば
菜の花さきぬ富士をあなたに

この作品については、『舞姫』刊行当時から賛否両論さまざまな見解が発表されているので、ここで諸氏の評を参考にしながら考えてみよう。

まず『舞姫』刊行直後の明治三十九年三月、アララギ派の歌人伊藤左千夫は、『アシビ』誌上でこの作品をつぎのように評している。少々長いが『明星』と対立的な立場にあった歌人の評価として興味深いので、そのまま引用しよう。

「『国なかば』は国半分といふ意味で国の中央といふ意ではない。若し作者の心が国半分菜の花が咲いて居るといふならば、『大河流るる国なかば』の続きが無理になる。なぜなれば大河などといふ感じは河に臨んで見る感じで、少くも作者が河に近く見て起るべき詞で、国半分などといふことは、高い処より遠く見渡して起る感じである。『大河流るる』と云へばはつきりした詞で『国なかば』と云へば漠然とした詞である。これだけ違ふ詞を直接に接続するの無理は云ふまでもない。されば、例の如く作者は詞と趣味との関係につき何等の用意も払うてゐない。大河など茫漠たる事をいふかと思へば、『菜の花咲きぬ』など精細なことを云ふ。感じの違つた詞が、幾個かまぜこぜになつて居るから趣味が統一しない。『富士をあなたに』も無理である。其の菜の花が直接に富士の裾野に連り居つたならば、『富士をあなた』とも云へるが、遠江の国なかからでは、只見えるといふに過ぎぬ。此の詞を反対に言へば富士の手前に菜の花が咲いてゐるといふことであるから、直接に菜の花が富士に続く感じである。遠江から見て決して富士が直接に見えるものでない。趣味の感受が極めて幼稚であるから、以上の如き粗雑な対照を感ずるのである。初句に『遠つあふみ』とことはるのも殆ど無意義である。下四句に叙した景色の面白味に感興を引いたものであれば、其の所の国名をことはる必要はない。国名は此の歌の趣味と何の関係もないではないか。此の歌の景色を想像せば、国の真中を大きな河が流れて居る。其の河に続いて菜の花が広く咲いて居る。向うには富士が見えるといふのであらう。これだけの趣が一首の上に現れて居れば随分面白いが、修辞拙劣であるから景色もあらはれず、調子もととのはない。左の如く詠み直さば見るべき歌であらう。

国断てる大河に続く菜の花や
菜の原遠く富士の山みゆ

無論遠江にて詠める歌である。」（「与謝野晶子の歌を評す」）
いかにも写実的な詠風を主張する、アララギ派の歌人らしい見解である。これに対し、後年、『明星』派の歌人平野万里はこの歌を評して、つぎのようにのべている。
「大河は天龍で作者が親しく汽車から見た遠州の大きな景色を詠出したものである。あの頃はまだ春は菜の花が一面に咲いてゐた。その黄一色に塗りつぶされた世界をあらはす為に大河流るるといひ国半ばといふ強い表現法を用ゐたのである。」（『晶子鑑賞』）
さらに木俣修は、
「……虚心にこの歌を味わつてみると、春もようやくたけなわになろうとする東海道筋、天竜川をはさんだ一望の野の景観がまるで一幅の絵を見るように美しく明るく浮かび上がつてくるという事実を否むことはできないであろう。ともかくもこの一首によつて遠江の国の春景が浮彫にされているということが認められるのである。」（『近代短歌の鑑賞と批評』）
と評している。

平野万里と木俣修の評は、伊藤左千夫の見解に対してきわめて対照的である。左千夫の評は、写実を主張するアララギ派の詠風を根底にしたものであった。

晶子の「遠つあふみ……」という歌は、いわゆる叙景歌ではある。けれども晶子の叙景歌は、あくまでもアララギ派の主張する「写実の歌」ではなく、「対象である景の把握において、すでに浪漫的唯美的な心情が濃く働いており、表現の場において更に美化され」（木俣修）た歌であった。つまり、「浪漫精神の波うつ叙景歌」（安部忠三）なのである。

なお、この作品は、蕪村の「菜の花や月は東に日は西に」「春雨の中を流るる大河かな」などの句をふまえている、といわれていることを付記しておこう。

夏のかぜ山よりきたり三百の
牧の若馬耳ふかれけり

夏の高原のそよ風の中に立つ若駒の姿態をうたった叙景歌であり、さわやかな初夏の感触も感じ取れる作である。この歌の場合、「牧」がどこの牧場であろうと、「かぜ」がどこの山から吹いてくる風であろうと、そんなことはあまり問題にならない。いかにもさわやかな初夏の光景や感触を感じ取ることができればよいのである。

『舞姫』のころから、晶子はこうした浪漫的叙景歌を詠み始めているのである。

円　熟

『舞姫』にみられるもうひとつの目立った傾向は、晶子の初期の作を彩った激情的な歌がかげをひそめてしまったことである。たとえば、つぎの歌がそれである。

春の雨高野の山におん児《ちご》の
得度の日かや鐘おほく鳴る

「春雨の中で高野山の鐘が鳴っている。稚児たちが得度をする日なのだろうか。」という意味。「高野山」「おん児」「得度」という宗教的神秘的な語感をもったことばと、「春雨」ということばが相まって、柔らかな夢幻性に富んだ情趣をかもし出す作である。『舞姫』では、

鳴瀧や庭なめらかに椿ちる
伯母の御寺のうぐひすのこゑ

仁和寺の門跡観《み》ます花の日と
法師幕うつ山ざくらかな

なども同種の作品である。「鳴瀧や……」という歌については、晶子に京都の鳴瀧で尼となっていた伯母がいたとは考えられないとする説もあるが、この歌を鑑賞する場合、そうした「事実」について吟味する必要はあまりない。むしろ、伯母を尼にしたてたところに示されている晶子の創作意識が注目されよう。晶子はここでは伯母の住む家を「御寺」とすることによって、この歌に中世的、物語的な美しさを加味しているのである。『恋衣』においてもみられたが、晶子の王朝世界への憧れは、かの女の古典的知識を背景とするものであった。

『舞姫』では、そうした傾向がより強められ具体化された形であらわれている。

わが宿の春はあけぼの紫の
糸のやうなるをちかたの川

は、いうまでもなく『枕草子』の冒頭の一節を詠み込んだものであるし、

夕顔やこよと祈りしみ車を
たそがれに見る夢心地かな

は『源氏物語』の「夕顔の巻」に取材したもので、ともに流麗な調べをもつ作である。晶子は『舞姫』において、自らの王朝的世界への憧れを一幅の絵物語として、思うがままに形象化しているのである。

『みだれ髪』を初めとする晶子の「初期三部作」には、若々しい青春の情熱がみなぎっていた。激情のおもむくままに歌った「舌足らず」で難解な歌や、破格なしらべをもった歌も、そこにはしばしばみられた。『舞姫』においては、そうした作品はほぼ姿を消している。歌意は解釈を必要としないほど平明となり、調べは流麗になっている。それは、青春の激情から脱皮した晶子の清澄な心情と歌風の円熟とを示すものであった。

『舞姫』は、平明と円熟に向かった晶子の中期の作歌活動の出発をつげる歌集である。

夏より秋へ

成立まで　『夏より秋へ』は、大正三年一月、東京麴町平河町の金尾文淵堂から刊行された、晶子の大正期最初の詩歌集である。『舞姫』以後『夏より秋へ』までに、晶子はつぎのような歌集を刊行している。

『夢の華』　明治三十九年九月

『常夏』　明治四十一年七月
『佐保姫』　明治四十二年五月
『花』　明治四十三年一月
『春泥集』　明治四十四年一月
『青海波』　明治四十五年一月

このうち『花』は江南文三と合著の歌文集である。

『舞姫』で円熟した境地を示した晶子は、その年の秋に刊行した『夢の華』あたりでは、

北国《ほくこく》の雪のやうなり野あかりに
残月ありぬすずしろの花
いと小き胸と思はず船にして
わが居る海の浪立つ日なり

などという歌にみられるように、象徴主義への傾斜を示したこともあった。

それは新詩社系統の人々に共通していえることでもあったが、晶子のそうした傾向は、その後まもなくかげをひそめてしまった。明治末期の晶子の作品には、浪漫的な心情に裏打ちされたものが依然として多かっ

たがとくに目立った進展はみられなかった。そして『佐保姫』あたりから、晶子はふたたび生まの感情を少しづつ吐露するようになっていた。

『佐保姫』は、「故山川登美子の君に献げまつる」という献辞からも明らかなように、この年（明治四十二年）四月、若くして逝った親友山川登美子に献げた歌集であるが、親友の死を悼んで詠んだつぎのような歌にも、晶子の複雑な胸中は露呈されている。

背とわれと死にたる人と三人《みたり》して
甕《もたひ》の中に封じつること

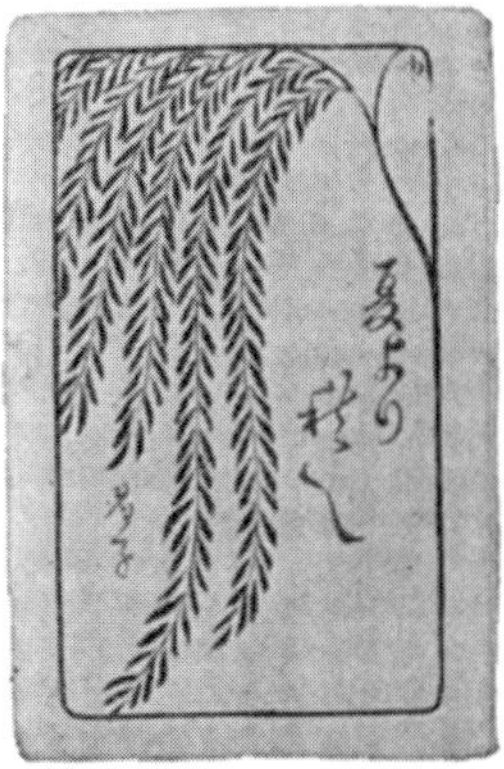

『夏より秋へ』初版本表紙

しかし、ここにみられるのは、『みだれ髪』に示されたような激情の大胆な吐露ではない。なかには、

おどけたる一寸法師舞ひいでよ
秋の夕のてのひらの上

という歌のように、胸中に巣くった寂寥を柔らかく包んで表白し

た佳作もあるが、多くは、

ある時のありのすさびもあはれなる
もの思ひとはなりにけるかな
たれやらに通ひ行くてふいと怪《け》しき
君が御履《みくつ》を釘づけてまし

などのような、悲しみや妬みの情を卒直にうたったものであった。一方、この頃の晶子は『恋衣』の解説でふれておいたように、望郷の念を詠んだ作もかなり数多く発表している。

その間に晶子の周辺では、『明星』の終刊や夫寛の渡欧などという「事件」がおこっていた。寛の渡欧は明治四十四年秋のことであった。すでに三男四女の母親となっていた晶子ではあったが、翌四十五年の五月には寛を追って単身渡欧した。そしてパリを足場にイタリアやドイツやイギリスを旅した。

『夏より秋へ』は、晶子の渡欧旅行中の作品を収めて刊行された詩歌集である。

欧州旅行　『夏より秋へ』は、「上」「中」「下」の三部から成り、「上」「中」には七六七首の短歌が、「下」には長短一〇二編におよぶ詩が収められている。巻首には「文学博士上田敏先生に献ず」という献辞がある。

まず、「上」巻に収められた五一〇首であるが、ここにはとりたてて論じるほどの特色をもつ作品はあまりない。ただし、寂寥感を淡々とうたったたつぎのような歌は、注目されよう。

人間のうつくしさをば自らに
よりて思ひし日も薄れ去る
道のべに唯並ぶ木と自らを
わが思ふことといつの日よりぞ

ここには、愛の勝利者として誇らしげに胸を張ったかつての晶子の面影は無い。なかには、

一人のわれを貫き人の世と
天とは通ずおもしろきかな

のように、初期の作をしのばせる歌もあるにはあるが、それとても自信に満ち満ちた晶子の姿を思い起こさせるほどのものではないし、また、この種の作品は多くはみられない。

「中」巻には、寛の渡欧後から自らも渡欧し寛を残して単身帰国したころまでの作、二五七首が収められ

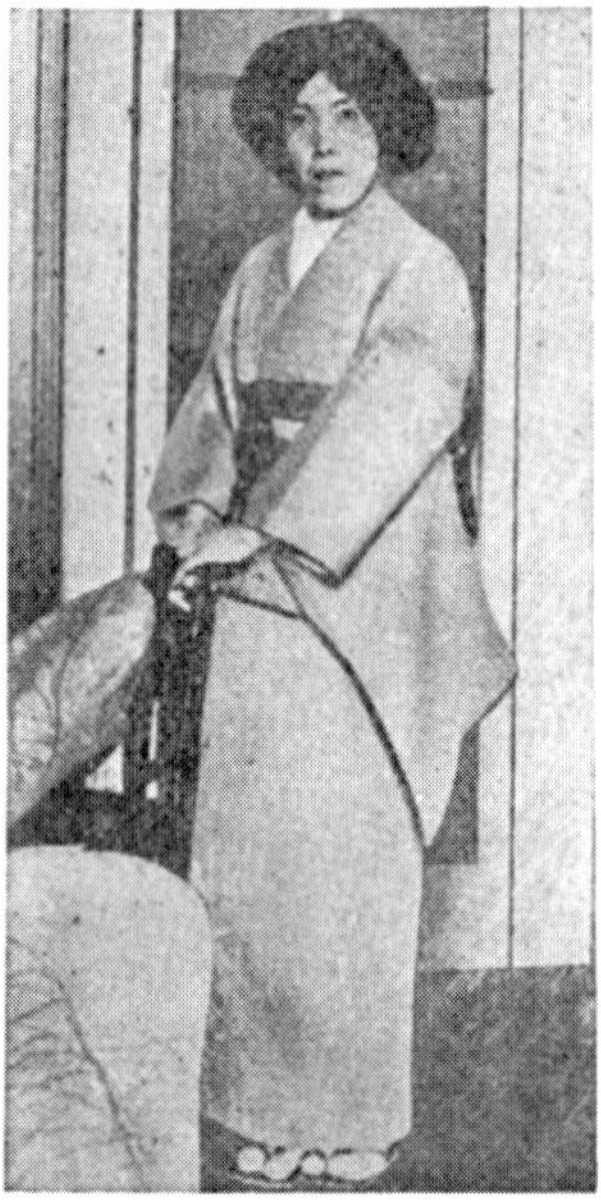

パリの晶子

ている。ここには夫が旅立ったあとの淋しさを素直に詠んだ、つぎのような歌がある。

子と母と淋しがれるを目の前の
ことと思はば帰り来よ君

海見ればまろび入るべく別れつる
日のかなしくもおもかげに立つ

そして淋しさに堪えきれず、夫を追って渡欧する船中での心情を詠んだ、

わが泣けば露西亜少女来て肩なでぬ
アルヨル号の白き船室

などという歌もある。「中」巻でもっとも生彩に富んでいるのは、

三千里わが恋人のかたはらに

柳の絮《わた》の散る日に来《きた》る
物売にわれもならまし初夏の
シヤンゼリゼエの青き木《こ》のもと

などという歌である。ここには渡欧して夫の許に身を寄せた晶子の喜びにあふれる内面と、異国の風物に驚きと強い興味を感じながら、娘のようにはしゃいでいるかの女の姿態とが、実に生きいきと映し出されている。

以下『夏より秋へ』の「中」巻は、パリから単身帰国するまでの、晶子の心情の起伏を伝える数々の歌を中心として構成されている。夫とふたりきりで過ごすパリでの日々、国に残した子供たちの上に思いをはせるたび、晶子の感情は激しく揺れ動く。

子をすてて君に来りしその日より
物狂ほしくなりにけるかな
何れぞや我かたはらに子の無きと
子のかたはらに母のあらぬと

ついで、晶子はまもなく帰国を決意した。

仏蘭西に君をのこして我が船の
出づる港の秋の灰色

単身帰国の途についた日の重苦しい心象を、港の風物に託してうたった歌である。子らの待つ日本に向かう箱根丸の船室での晶子の胸中には、さまざまな思いが去来した。

ゆく先かはたこし方かわが心
引くなるもののありか知らずも

そして四十日間あまりの船旅も、ようやく終わろうとしていた。

ふるさとの和泉の山を内海の
霧の中よりのぞくあけがた

子供たちの待つ、東京麴町の小さな家に帰り着いてまもなく、晶子はふたたび夫のいない寂しさを強く意識するようになっていた。

家に入り十日になりぬ何せしぞ
今日も昨日もはかなさばかり
味気なく心みだれぬわが手のみ
七人の子を撫づる日に逢ひ

「中」巻には、ほかにパリの風物に取材して、ほのかな詩情をただよわす、つぎのような歌も収められている。

君と行くノオトル・ダムの塔ばかり
薄桃色にのこる夕ぐれ
君とわれロアルの橋を渡る時
白楊の香の川風ぞ吹く

晶子の「旅詠」としても注目される作である。

『夏より秋へ』の「中」巻に収められた作品には、晶子の揺れ動く心情や若々しい情熱を、如実に伝える歌が多い。それは、夫の外遊、晶子自身の渡欧といった境遇の変化を背景とするものであったが、『舞姫』を頂点として「円熟」への傾斜が目立った晶子の歌風は、ここにふたたび変貌し、新たな展開を示し始めている。『夏より秋へ』は、素材においても歌風においてもユニークな歌集であったということができよう。

晶子の詩

「下」巻には、長短一〇二編におよぶ詩が収められている。詩を一部採録した晶子の歌集に、『毒草』や『恋衣』があるが、これほど多くの詩を収めた歌集は『夏より秋へ』が最初である。

「下」巻の巻頭には、『青鞜』の創刊号を飾った詩「そぞろごと」が、一部改訂されて掲載されている。

山の動く日来る、
かく云へど人われを信ぜじ。
山は姑《しば》く眠りしのみ、
その昔彼等皆火に燃えて動きしものを。
されど、そは信ぜずともよし、
人よ、ああ唯これを信ぜよ、

すべて眠りし女今ぞ目覚めて動くなる。

「伝記編」に引用した初出の詩と比較すれば、語句を多少修正した程度で、内容も主題もともに変わっていないことが判明しよう。

晶子の詩には、短歌ではうかがえないかの女の一面を伝えるものが多い。たとえば、

わが歌の短ければ
言葉を省くと人おもへり。
わが歌に省くべきもの無し、
また何を附け足さん。
わが心は魚ならねば鰓《えら》を有《も》たず、
ただ一息にこそ一切を歌ふなれ。

という詩からは、晶子の自らの短歌に対する自負の念がありありと伝わってこよう。この詩は、晶子の歌を理解することが薄かった「世の評者」に対する解答ともとれる。同じように、晶子の自信に満ちた姿勢を伝える詩に、

芸術はわれを此処まで導きぬ。
今こそ云はめ、
われ芸術を彼処《かしこ》に伴ひ行かまし、
より物質的に、より芸術的なる処へと。

がある。
晶子は自らを自省する理性的な目をもった人でもあった。それは、

わが心は油よ、
より多く火をば好めど、
水に附き流るるも是非なや。

という詩からも感じ取れよう。また、その理性的な目が自己省察に止まらず、広く社会に目を向けた時、同時代への辛辣な批判を織り込んだ、つぎのような詩となって現われる。

堅苦しく、うはべの律義を喜ぶ国、
しかも、かるはづみなる移り気の国、
支那人などの根気なくて、浅く利己主義なる国、
阿米利加の富なくて阿米利加化する国、
疑惑と戦慄とを感ぜざる国、
男みな背を屈《かが》めて宿命論者となり行く国、
めでたく、うら安く万万歳の国。

欧州旅行によって拡大された晶子の視野がうかがえる詩でもある。一方、心情の起伏をうたった、短歌と類似した詩もある。夫の外遊後の内面の空白をつづった、つぎのような詩がそれである。

昨日の恋は朝の恋、
またのどかなる昼の恋。
今日する恋は狂ほしい
真赤な入日の一さかり。

とは思へども気が滅入る。
若しも其儘旅に居て
君帰らずばなんとせう。
わたしの胸は今裂ける。

ここには『みだれ髪』のころの晶子を思わせる狂おしい情熱がある。そしてその結果、晶子は夫のもとへ旅立つことになったのであるが、夫を恋うる気持と母親としてのそれとの交錯は、

あはれならずや、その雛を
荒巌《あらいわ》の上の巣に遺し、
恋しく兄鷹《せう》を尋ねんと、
颶風《あらし》の空に下りながら、
雛の啼く音にためらへる
若き女鷹の若しあらば――
それは窶《やつ》れて遠く行く

今日の門出のわがこころ。
いとしき子等よ、ゆるせかし、
しばし待てかし、わかき日を
猶夢にみるこの母は
汝が父をこそ頼むなれ。

という詩となって形象化されている。
フランスに渡った晶子の目を楽しませたものは、珍しい異国の風物であった。

嬉しや、これが仏蘭西の
雨にわたしの濡れ初め。
軽い婦人服《ロオブ》に、きやしやな靴、
ツウルの野辺の雛罌粟《コクリコ》の
赤い小路を君と行き。

濡れよとままよ、濡れたらば、

わたしの帽のチュウリップ
いっそ色をば増しませう、
増さずば捨てて代りには
野にある花を摘んで挿そ。

そして昔のカセドラル
あの下蔭で休みましよ。
雨が降る、降る、ほそぼそと
金の糸やら、絹の糸、
真珠の糸の雨が降る。

と、晶子はその風物をうたっている。雨に濡れることもまた楽しいということの詩からは、夫の傍にいる晶子の満ち足りた心象が伝わってこよう。
さて終わりに、ここに収められた詩の、もうひとつの傾向に注目しよう。それはつぎの詩である。

米の値の例なくも昂《あが》りければ、

わが貧しき十人の家族は麦を食ふ。
子供等は麦を嫌ひて
「お米の御飯を」と叫べり。
麦を粟に、また稗《ひえ》に改むれど、
なほ子供等は「お米の御飯を」と叫べり。
子供等を何と叱らん、
母も年若くして心には米を好めば………

当時（大正三年）の与謝野家の窮状を、これほど生まなましく伝える作品はない。四男四女と夫婦という総勢十名におよぶ大家族の生計が、ほとんど晶子のペン一本によって支えられていたのであるから、いかにかの女が多作であっても、その生活は困窮したものであったろう。何の説明も要しない詩である。現実の生活を、晶子はありのままにこの詩で伝えた。そして心身ともに疲れていった夫婦のようすは、つぎの詩からうかがえる。

女、三越の売り出しに行きて、
寄切の前にのみひと日ありき。

帰りきて、かくと云へば、
男はひとり棋《ご》盤に向ひて
五目並のみ稽古してありしと云ふ。
（零と零と合せたる今日の日の空しさよ。）
さて男は疲れて黙して語らず、
女も終に買物を語らざりき。
その買ひて帰れるは唯だ高浪織の帯の片側に過ぎざれど……

以上のように、『夏より秋へ』にはいろいろな傾向の詩が収められている。これを詩の形式という観点から概観すれば、理知に立脚した詩や現実を直視した詩には文語調の自由詩が多く、夫への思慕の情をうたった詩や欧州で喜々として過ごした日々を伝える詩には口語の定型詩が多いということができる。

『夏より秋へ』に収められた詩には、晶子の濃淡さまざまな浪漫的心情をうたい、表白した短歌と同工異曲のものも多いが、注目されるのは、現実を直視し、リアルにつづった一連の詩である。そこには、当時の与謝野家の窮状や、同時代の風潮や世相に対する晶子の批判的な姿勢が、明確な形をとってあらわれている。それは晶子の、「私は歌で現わし得ない所のものを詩で現はさう」（『太陽と薔薇』・自序）という意図の、ひとつの結実であった。つまり晶子は、短歌という制約の多い形式の中には盛り込み得なかった現実的、批判的精神を、詩という形をとって形象化しているのである。『夏より秋へ』に限らず、晶子の詩には、短歌に比し現実性や批判性を帯びた作品が数多くみられるというところに特色があるといえるのである。なお、『夏より秋へ』には収録されなかったが、このころの晶子に「伯林《ベルリン》停車場」という題名の七十三行からなる詩がある。この詩はすでに宇野浩二によって「未来派風」の長詩として指摘されてもいるので、ここに終わりに近い五行を紹介しよう。

ウラジホストツクからブリユツセルまでを
十二日間で突破する、
ノオル・デキスプレスの最大急行列車が入つて来た。
怖ろしい威厳を持つた機関車は
今、世界のすべての機関車を圧倒するやうにして駐まつた。

未来派とは、二十世紀初頭のイタリアに興った前衛芸術運動の一流派である。未来派の特色は、あらゆる伝統と静的な芸術に反対して、戦争や近代機械文明の産物を礼賛し、ダイナミックに表現しようとするところにあった。この未来派をわが国に最初に紹介したのは森鷗外で、それは明治四十二年三月の『スバル』誌上でのことだった。以後、未来派は大正十年前後に平戸廉吉や神原泰らによって本格的な移植の作業が進められたが、そうした背景を併せ考えると、晶子の「伯林停車場」は、未来派の詩そのものではなかったとしても、ずい分早い移植の試みであったということができよう。そしてそれは、芸術に対する晶子の意欲的な姿勢を示すものでもあった。

明るみへ

『明るみへ』は、大正二年六月五日から九月十七日まで、一〇〇回にわたって『東京朝日新聞』に連載され、大正五年一月、その八九回までをまとめて金尾文淵堂から刊行された、晶子唯一の長編小説である。

あらすじ　「それをね、板へ書いて玄関へ下げとくのだよ。好いだらう。」八坂透はこう云った。妻の顔色を窺うような目をしながら云っていることを妻の京子は感じながら、その紙に目を落とした。そこには

「面会お断り

癈兵殿、訪問記者殿、

行商者殿、空論家殿、

揮毫依頼者殿、
其他特別の御用なき諸君、
今後の生涯を愛重すべき厳粛なる自覚に由り、右諸君の御諒察を乞ひ候。」
と書かれていた。が、空談家が来なくなれば淋しくなるのは透自身であることを京子はよく知っていた。しかし、それを云えば「さうかね。僕は遊んで居るからね。」と怒ってふて寝をしてしまう透である。そんな夫の傍で、京子は「仏蘭西の田舎を描いた油絵を眺め」ながら、「良人も洋行が出来たら嬉しいだらう」と思うのだった。透の主宰する「新月」が終刊して三年、その後継誌ともいうべき「金星」が発行されていた明治末期のことである。そのころの透は「ダリヤの根の元にある穴より出で来る蟻を鋳庖丁」で叩きつぶすことを日課としていた。そんな夫を見るたびに、京子は夫の外遊を考えた。そして妹の春子に二千円の借金を申し込む手紙をしたためた。しかし、妹からは半月たっても返事がない。思いあまった京子は以前からの知り合いで書店を経営している小沢に相談することにした。小沢は京子の歌を書いた屏風を金持ちに買ってもらうようにと提案した。一方、九州の兄に洋行の相談に出かけた透からは、

『明るみへ』初版本表紙

「洋行費の大部分は此地にて思ひ掛なく調達致さるゝことと相成り候。さ

れば此事に附きての君の苦心はもはや要なしと思召し下されたく候。」と記した手紙が届いた。京子は不快だった。

「『新月』を廃刊してから三年越しに不機嫌な顔ばかり見せられて居ても」「これほど良人に反感」を感じたことはなかった。九州には、透が以前一緒に暮していた広江貞野の家がある。「貞野の家は福岡で指折の富豪だ」ということも聞いていた。洋行費は広江の家で調達できたのではないか、ふっとそんな思いが京子の胸をよぎった。

九月の末から十日ほどの間、八坂夫婦は毎日借家を探して歩いた。それは、透の洋行中、「も少し小ぢんまりした用心の好い家へ入って居たい、そしたら家賃も十円位は少く」なるだろうと考えたからであった。さいわい、適当な空家が見つかったが、家主の岩瀬男爵は先約があるから、という口実を設けて家を貸すことを拒絶した。それ以来京子は、仕事をする時間の関係もあって透にひとりで家を探しに行ってくれるように云い始めた。

「『母さんが飽きるより先に僕が飽いてるんだけれど、辛抱して附合つてたのだから、も少し辛抱を母様もして、二人で捜さうぢやないか。』」と透は云つた。

「だから厭なんですよ。あなたの心持が分つて居るからですよ。飽き飽きした魂が二つ並んで歩いて居るのが、馬鹿馬鹿しい単調なことをしてる上に感じられるのですもの。飽いたことは一人でする方がみじめぢやなくつていいから、私が行く方が好ければ一人で行きます。あなただって一人でいらつしやる方がまだましですよ。行つて来て下さいな。」」

といふ京子に、透はそんなに仕事をあせるなと話したが、京子は夫には自分の気持ちがわからないとくり返した。そして「そんなことを云ふもんぢゃないよ。母様の心持が分らないことがあるものか、母様と僕は恋人同志ぢゃないか。」といふ透の前で、京子は「十二三年の間心でだけ思って居て口へ出さなかった」ひとことを思わず吐き出した。

「私があなたの恋人だつて、そんなことがあるものですか。あなたは広江貞野さんばかり思つてる人ぢゃありませんか。」

と。京子の思いがけない言葉に透は涙ぐみながら、貞野は既に某小説家と再婚し子供までいること、「そんな女を僕が思つて居る」などと「何故そんな惨酷なことを」云うのかといった。夫の言葉に京子の長年のわだかまりは解けた。洋行費への疑いも晴れた。「頭の中の血が音を立てゝ身体の下の方へ下の方へと流れて行くのだけ」を京子は感じていた。

ふたりの間のわだかまりも解けて、透は欧州へ船で旅立った。京子は横浜までの見送りを延ばして神戸まで船で見送った。神戸でいったん下船した透とともに、京子は京都に真鍋夫妻を訪ねた。そして透は発っていった。神戸で透を見送ったあと、京子は久しぶりに郷里堺をおとずれ、帰京した。

帰京した京子は、結婚して十年、「何時も一所に居るものだと思って居た」夫と離れて、「何んだか急に自分の命がぐらつき出したのを感じ」た。そして京子は、久しく眠り「硬《こは》ばり」かけ「褪《さ》めて褪めて灰色になった恋」の世界や「永久と云ふ時間から少しづつ浮き出すやうに離れて行く」内面を、真鍋にあててつぎのように書き送った。

「それがもう恋の世界ではないかも知れませんが、私を新しく包んだ空気は瑠璃色をして居ます。其れが紫にも真紅にも変って行き相な気がします。無駄な期待かも知れないのですが、何にせよ私の心は不思議な動揺を覚え出しました。………あなたも御存じのやうに、以前からわたしは随分気まぐれな事が好きでした。………けれども今日になつてあなたに伺ふのですが、どうでせう、新しい気まぐれ許りで通す方が真実《ほんとう》に人間の命が生きて居るのではないでせうか。………何うやら私の命は「気まぐれ」と云ふ自由な世界へ羽が生えて飛び揚《あ》がるらしいのです。………私も永らく頼りにして居た良人から離れて、久し振りに十余年の昔の娘ごころに還つた気持で、つくづく自分を反省する時が来たやうです。……」

「あらすじ」でおおよその見当はつくように、『明るみへ』は『明星』が終刊したあとの明治末期の与謝野夫妻の日々を描いた作品である。明治四十一年十一月、『明星』が一〇〇号をもって終刊となったころ、与謝野夫妻は結婚八年目をむかえていたが、その間にふたりの立場は逆転していた。師鉄幹を慕って上京したかつての文学少女晶子は、いまや師であり夫である寛をしのぐ名声の持ち主となっていた。『明星』が終刊になっても、晶子は相変わらず多忙であった。夫が起きてくる前に「原稿紙四五枚を書き終え」、ときには「一つの新聞社の選歌を見て置くこと」さえもあった。その忙しさ

妻としての晶子

も、

「良人の朝の長閑なる心地煩はすまじく、やがて来る時を暫し心安げにて遊びて見するために候。」という晶子の心遣いからであった。晶子は夫を無視してまで、自らの名声を求めようとする女性ではなかったのである。子供が食事をする時でさへ、「時を惜みて机に」寄りすがった晶子も、夫のためには「幾度か台所へ立ち通ひ、良人の朝の食事」を運ばせることに心をくばっていた。食後も忙しいのは晶子だけ。ふたりの子が学校から帰って来ても、「母らしき物語を」する暇もない毎日であった。一方、寛は蟻をつぶしてばかりいた。訪問者も晶子への客が多かった。その都度、晶子は夫の前で「身のそばむ」思いをした。女流歌人である前に、晶子は寛の良き妻であることを望んでいた。そうした晶子の心情は、『明るみへ』のつぎの一節からもうかがえよう。

「時には応接室に二人も三人も私の客の数添ひて行くこともあり候。私は華やかに物を云ふが好きなる女に候へば、笑顔してあり候へど、心は間の隔たりし書斎にて良人が淑とする話などに走り居ること多く候。心辛く思ひながら書斎へ帰りたる私に、良人は客とせる談話につきて呵責せず批評を致し候。………良人の処へ来る客を夫婦にて迎へ候時程私の嬉しく思ふことはなく候。昔の『新月』に関係ありし文士、または良人の弟子達がそれに候。………弟子達は良人を先生、私を友として皆思ひ居ることに候へば、さる人とまじり居り候間の私は、年の十も若やぐを覚え候。語りながら層《かさ》ひくき縫物など取り出し私の致すこともあり候。いよいよ渋谷千駄ケ谷の極貧時代の世話女房の心地も致して面白く候。………」

晶子が心を痛めれば痛めるほど、寛の失意と煩悶は高じていった。寛のはり紙に、友人の減少を案じる晶子に対しても、寛は「僕は遊んでいるからね。」といい、出版社に対しては「八坂京子内校正係」と書いて送ったりするようになっていた。

そんな夫の再起を願って計画した欧州旅行の費用を入手する問題で、晶子は十二三年もの間押さえに押さえていた嫉妬のかたまりを、思わず吐き出した。『明るみへ』の圧巻ともいうべきこの場面からは、才女でもなければ「傑物」でもない、ひとりの平凡な女性の迫った息吹きが伝わってくる。晶子は夫の胸の中に宿った自らの影の濃淡を計らずにはいられなかった。その不安に十年あまりもさいなまれつづけてきた。晶子にとって妻の座は、「安住を約束された場」ではなかったのである。

結婚してほぼ十年、その間にはふたりのあいだを冷たい風が吹き抜けていったこともあった。けれども晶子は、夫の外遊によって夫への愛をいっそう強く自覚した。『明るみへ』の京子は、夫の外遊後友人にあてでつぎのように書き送っている。

「良人の今迄の先生に来て貰ひまして仏蘭西語を習ひ初めようかと思ひます。恋しい人の凭《もた》れた柱に自分がまたもたれるやうな心持で。

良人に手紙を書かれないのがつまらなくてつまらなくてなりません。もう一週間もしたら巴里まで第一の通信を送つて置かうと思ふのですが、待ち遠しくてなりません。」

京子が晶子その人ではなかったとしても、ここからは夫の外遊によってもたらされた晶子の、夫への愛の昂揚が感じ取れよう。

晶子は「女傑」とも「女丈夫」とも評されてきた。たしかにさまざまな分野にわたるかの女の活躍は、そう評されるに値する実質を備えている。けれども晶子は、それ以上に寛の良き妻であった。その強く激しい愛や細やかな心遣いが、どれほど夫を慰め励ましたかは、改めてここに説く必要もあるまい。小説『明るみへ』には、そうした晶子の一面がありありと映し出されているのである。

新しい酒

『明るみへ』は明治末期の、正確にいえば明治四十四年の与謝野家を舞台とした作品である。このことは文中の「『新月』を廃刊してから三年越し」、という記述や年譜から察せられるのであるが、この四十四年に晶子は歌集『春泥集』と詩文感想集『一隅より』を刊行している。

『一隅より』は刊行に先立つ「三四年」の間に、「新聞雑誌の依頼を受けて其時時に筆を執った」感想や随想をまとめたものである。そこには夫や子供に取材した身辺雑記風の小品もみえるが、「婦人と思想」「新婦人の自覚」などという評論風のものも少なくない。処女歌集『みだれ髪』以来、共著、合著などもふくめて十冊に近い歌集を刊行してきた晶子ではあったが、感想集の上梓は始めてのことであった。同じ年の九月、晶子は『青鞜』創刊号に詩「そぞろごと」を寄せている。そして晩秋、夫は欧州に向かって旅立っていった。

初版本『明るみへ』は、夫を見送って帰京した京子が、京都の友人真鍋に宛てて記した手紙で終わっているが、その手紙に京子はつぎのように書いている。

「……私は実際暫く安逸の眠りに耽つて居ましたが、此十日程の気分が果して一時の発作でないのなら、わたしの生活を全く改めて掛らねばなりません。これまで客位に置いた思想に絶対の主権を与へねばならぬかも知れません。……
私は旧吾を続けるのが厭になつて、新吾を作り出したいと云ふ平凡な自覚が起り出したのです。振り返つて見ると、私の命の杯は久しい間同じ酒許りを注《つ》いで、新しい酒を日毎に取り代へることを忘れて居ました。」

京子のいう「新吾を作り出したいと云ふ平凡な自覚」がどんなものであったかは、必ずしも明らかではないが、少なくともここからは、晶子のそれまでの限定された世界から大きく脱皮しようとする意欲は感じ取れよう。感想集『一隅より』の刊行も、詩「そぞろごと」の発表も、晶子の脱皮への意欲のあらわれにほかならなかった。

そうした晶子の意欲に、いっそうの拍車をかけたのが明治四十五年の渡欧であった。晶子は海外の偉大な芸術の真髄に触れ、近代化された社会生活を見聞して帰国した。帰国後の晶子は積極的に小説にも筆をそめた。貧しく閉鎖的な同時代の日本の改革をはかって論壇で奮闘し、教育者としても活躍した。このように、のちにさまざまな分野で活躍するようになる晶子の転進の出発点を、小説『明るみへ』は明らかにしている。

『明るみへ』は明治末期の晶子の心情や動向、ひいてはその生涯を知るうえに、きわめて重要な役割をはたす作品である。

なお、大正期の晶子の評論随想集につぎのようなものがある。

『雑記帳』（大正四年五月）
『人及び女として』（大正五年四月）
『我等何を求むるか』（大正六年一月）
『若き友へ』（大正七年五月）
『心頭雑草』（大正八年一月）
『激動の中を行く』（大正八年八月）
『女人創造』（大正九年五月）
『人間礼拝』（大正十年三月）
『愛・理性及び勇気』（大正十年三月）
『愛の創作』（大正十二年四月）
『砂に書く』（大正十四年七月）

晶子の小説

『明るみへ』は、前述したように晶子の自伝小説である。それゆえこの作品には、与謝野夫妻をはじめ、友人や門弟、夫妻には先輩にあたる森鷗外らがおのおの変名で登場する。登場人物の数も多いので、ここではまずおもな作中人物とモデルとの関係を整理しておこう。

八坂透・京子（与謝野鉄幹・晶子）
栗原先生（森鷗外）
清水博士（上田敏）
野村（石川啄木）
竹村（高村光太郎）
江藤（佐藤春夫）
久子（茅野雅子）
明子（平塚らいてふ）
春子（志知里子・晶子の妹）
真鍋（茅野蕭々・歌人、ドイツ文学者）
玉木栄（三浦環・声楽家）
小沢（金尾種次郎・文淵堂経営者）
田村（小林天眠・晶子の旧友、実業家）
広江貞野（林滝野・鉄幹前夫人）

このほか、雑誌では『明星』が「新月」に、『スバル』が「金星」という誌名に変えられている。また、鉄幹の先妻林滝野の郷里が山口県徳山から九州福岡に変えられている。

このような多種多様なモデルの登場は、『明るみへ』をいわゆる「家庭の事情小説」の城から引きあげるとともに、「文学史的な興味をそそる」作品にしている。けれども、それは同時にこの作品のひとつの大きな欠陥でもある。晶子はここで身辺に出没する人々を忠実に記録しようとするあまり、実に多くの人々を登場させ平板に並べすぎている。そのため個々の登場人物の印象はきわめて稀薄なものとなり、実体をそなえた人間像としては浮かびあがってこない。この作品が新聞への連載小説であったという制約はあるにせよ、文学作品にとってそれは致命的な欠陥であるといわざるを得ないのである。『明るみへ』にみられる、事実を忠実に追い、記録しようとする姿勢や手法は、明治末期の晶子が、そのころの文壇で隆盛をきわめていた自然主義の影響を、かなり強く受けていたことを物語っている。またそれは、長編小説の作家としての晶子の資質や才能の問題とも密接な関係がある。さまざまな主題を一定の形式の中に凝縮させ、現出させようとする短歌の世界と、壮大なスケールと緊密な構成とが要求される長編小説の世界とは明らかに異質である。『明るみへ』には、人物や事件の設定や展開があまりにも無造作すぎるという構成上の破綻も目立つ。この作品は、いわば長編としての構成を持たない長編小説である。

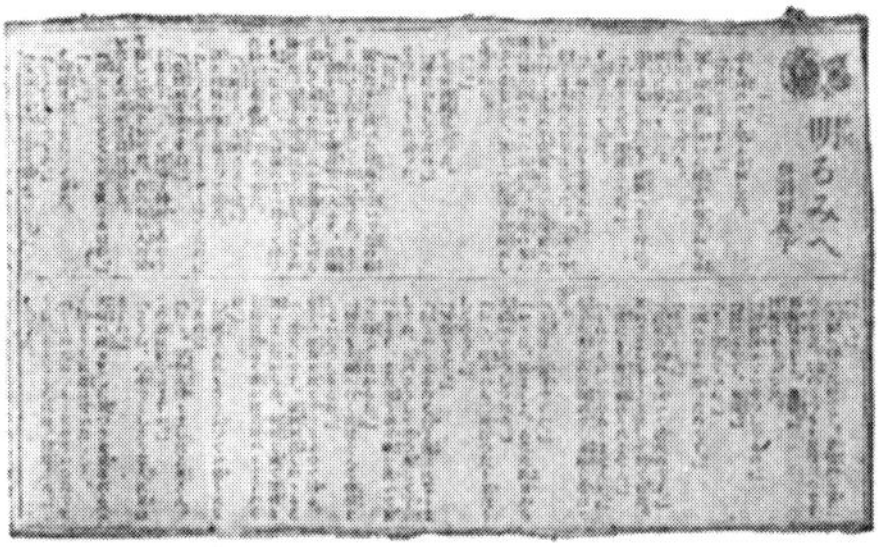
明るみへ

『朝日新聞』連載の『明るみへ』

そうした欠陥や弱点が内包されているとはいえ、『明るみへ』は、小説の世界に飛躍しようとする晶子の意欲の結晶であった。「旧吾」を捨て「新吾」を創造しようとする晶子の意欲のあらわれのひとつにほかならなかった。このころの晶子は、小説にも積極的に筆を染めている。『明るみへ』以外のこの前後の晶子の作品には、つぎのようなものがある。

『絵本お伽噺』　(明治四十一年一月)
『雲のいろいろ』　(明治四十五年五月)
『八つの夜』　(大正三年二月)
『うねうね川』　(大正四年九月)
『行って参ります』　(大正八年十二月)
『藤太郎の旅』　(大正十四年十一月)

このうち『雲のいろいろ』が短編小説集であるほかは、すべてお伽噺、童話の類である。『明るみへ』以後の晶子が、いわゆる小説よりもお伽噺や童話への傾斜を強めているという事実には、そこには子供たちの成長という背景もあったのだが、この作品に対する晶子自身の評価が暗示されていよう。

『明るみへ』は、作品としての出来映えからいっても、決して傑作とはいい得ない。けれどもそのリアルな筆致によって、明治末期の晶子の内面の変貌や「明星」派の人々の動向を適確に伝え得た特異な作品である、とはいえよう。

白桜集

『白桜集』は、昭和十七年九月、晶子没後の百日祭を期して改造社から刊行された遺歌集である。編者は歌人の平野万里であった。

刊行まで

大正期の晶子は、『夏より秋へ』の刊行以後、順次つぎのような歌集を刊行している。

『さくら草』（大正四年三月）
『朱葉集』（大正五年一月）
『舞ごろも』（大正五年五月）
『晶子新集』（大正六年二月）
『火の鳥』（大正八年八月）
『太陽と薔薇』（大正十年一月）
『草の夢』（大正十一年九月）
『流星の道』（大正十三年五月）
『瑠璃光』（大正十四年一月）

歌集の刊行は精力的であったが、作品にはとくに新鮮味を感じさせるほどのものはあまり見られない。大正期は、晶子が歌の道以外のさまざまな分野に意欲的な進出を示した一時期であった。評論家としては主として婦人問題を論じて啓蒙につとめ、教育者としても文化学院の創立メンバーとして加わり、新しい教育の実践者として活躍している。しかし、そうした活躍を晶子は歌の世界に生かそうとはしなかった。晶子にとって、歌はあくまでもその浪漫的な資質や感性を移入し、投影する世界であったようだ。このことは、同時代の晶子のリアルで批評精神の横溢する詩や随想と、短歌とを比較すればいっそうはっきりする。つまり、晶子のさまざまな分野にわたる意欲的な活動と作歌活動とは、有機的なつながりを示すには至らなかった、といえるのである。そこには無論、短歌という形式自体のもつ制約もあったのだが、あるいは晶子は、歌の世界では終生ロマンチストでありたいと思っていたのかもしれない。

『白桜集』初版本表紙

晶子は欧州旅行を背景とする歌集『夏より秋へ』では、久々に生彩に富む作品を示したが、その後の『朱葉集』を経て、歌風はしだいに落ちついた穏やかな美しさをもつものへと変わっていった。『火の鳥』はその頂点を示す歌集である。兼常清佐はこの歌集を評して、

「『乱れ髪』を春の花ざかりというならば、『火の鳥』は秋の紅葉の錦である。」(『与謝野晶子』)

といい、晶子を代表する歌集と賞賛している。〃華やか〃という評語は当たらないが、この歌集に収められ

た作品には、なまな心情の露出を避け、それを美化して歌おうとする一種のゆとりが見え始めている。たとえば、

自らは半人半馬降るものは
珊瑚の雨と碧瑠璃の雨
静かなる心は持てど身の作る
華奢ゆゑ我れも春の花めく

などという歌には、よくそれが表われていよう。また、松田好夫は『火の鳥』から『瑠璃光』までの期間を、晶子の「復興期」と名づけている。『火の鳥』に示された晶子の、穏やかな美しさへの傾斜がつづくわけであるが、とりたてていうほどの進展はみられない。

そして昭和期の晶子は、歌集としては、

『心の遠景』　（昭和三年六月）
『霧島の歌』　（昭和四年十二月）
『満蒙遊記』　（昭和五年五月）

の三冊を刊行したに止まった。『霧島の歌』と『満蒙遊記』は、寛との共著であるが、この三冊にみられる

晶子の歌には旅詠が圧倒的に多い。

以後、昭和十七年に没するまでの晶子の歌は、直接全集に収められたり、また選集に若干採録されたりしている。また、昭和五年三月には、休刊中の第二『明星』に代わって雑誌『冬柏』を創刊している。

昭和期の晶子は夫とともに旅行することが多かった。昭和十年三月、夫寛に先立たれてからの晶子は、その畢生の大事業となった『源氏物語』の全釈に心血をそそぐかたわら、折をみては旅をつづけ、そこここで夫を追慕する歌を詠んでいる。

昭和十五年五月、晶子は脳溢血で倒れ、二年後の十七年五月、波乱に富んだその六十三歳の生涯を閉じた。『白桜集』には、昭和十年から昭和十七年にかけて晶子の詠んだ歌が収められている。

旅詠・挽歌　『白桜集』という題名は、晶子の諡号「白桜院鳳翔晶耀大姉」によったものである。ここには昭和十年から十七年にかけて、主として『冬柏』に発表された五〇〇〇首におよぶ作品の中から選ばれた、約二五〇〇首が収められている。巻首には高村光太郎と有島生馬の「序」が置かれ、巻尾には編者平野万里の「跋」がある。

編集については、編者の平野万里が「跋」で解説しているので、ここにそれを掲げておこう。

「編輯の仕方は歳月の順により、その題号等も成るべく元の儘とした。内疎花より色即是空迄が故先生逝去前の三ケ月間の作、寝園より残花行に到る五十八題が昭和十年五月より発病の年十五年同月に到る五年間の作で集の本体を為し、最後の四題が即ち病中作る所である。」

「疎花」「鎌倉」「熱海」「色即是空」と題された最初の一〇〇首余りは、夫寛が亡くなる前の作であり、「疎花」を除けば、寛とともに旅した鎌倉や伊豆に取材した旅詠が多い。

伊豆の山麦豆の花油菜の
畑の段をばぼかす雨かな
「色即是空」

この歌集の中心をなすのは、寛の病没直後からほぼ五年の間に詠まれた、「寝園」に始まる五十八題の作品群である。その多くは、「越より出羽へ」「秋景軽井沢」「山国を行く」「伊香保遊草」などという題名からも推察しうるように旅詠であるが、そこには夫を失った晶子の悲嘆を映し出した、つぎのような佳作が数多くみられる。

今あらば君が片頰も染めぬべく
山荘の爐の火の燃ゆる時
「秋景軽井沢」

我が為めに時皆非なり旅すれば
まして悲しき涙流るる
「千曲川」

妙高の白樺林木高くも

なるとは知らで君眠るらん　「山国を行く」

哀切なしらべを持つ余韻豊かな作である。晶子の悲しみは、かつて夫とともに旅したことのある土地をふたたび訪うた時、いっそう深まるのが常であった。

ありし世の今井の浜よ続きたる
悲しき夢も真《まこと》にかへれ　「南豆詠草」

湯が島の落合の橋勢子の橋
見ても越えてもうら悲しけれ　「時雨抄」

伊豆の風物は、亡き夫の面影を彷彿とさせた。晶子の胸中から夫の面影が消え去ったことは無論ない。

一人にて負へる宇宙の重さより
にじむ涙のここちこそすれ　「寝園」
君を見し夢の話も自らに

語る外なき朝つづくかな　「寝園」

君つひに無の世に移りはててのち
われの住めるも半は無の世　「寝園」

ここには、『明星』に女王として君臨し、夫に伍して詩歌の革新につとめた、かつての女丈夫の面影はない。与謝野夫妻が、世の通常の夫婦と多少とも違っていたかもしれないところといえば、それはふたりが最後まで若々しい恋人のような感情を持ちつづけていたことであろう。それだけに、晶子の悲嘆が人一倍激しかったとしても不思議はない。

「讃歌」「白日夢」「病を依水荘に養ふ」「連峰の雲その他」と題されて収められた巻末の一一二首は、昭和十五年五月以降の作で病中吟である。ここには病む己が身への愛惜の情をうたったつぎのような歌が多くみられる。

木の間なる染井吉野の白ほどの
はかなき命抱く春かな　「白日夢」

こん年の今年の春を思ひ出で
あはれみぬべしおのれ自ら　「白日夢」

やがてはたわれも煙となりぬべし
わが子の家の焼くるのみかは　「病を依水荘に養ふ」

わが友の墨の蘭花の絵を見つつ
さびしき冬に入らんとすなり　「病を依水荘に養ふ」

そして、亡き夫への思慕の情は、病床にあっても消えることはなかった。

わが上に残れる月日一瞬に
よし替へんとも君生きて来よ　「白日夢」

晩年の世界

昭和期の晶子は、前述したように三冊の歌集を刊行しているが、そのうちの二冊は夫寛との合著である。唯一の個人歌集となった『心の遠景』には旅詠が多い。そんなことからか、この期の晶子の作品はとりあげられることもまれである。しかし、晶子自身は世に喧伝された初期の作よりも、晩年の作に深い愛着を感じていたようである。晶子はいう。

「わたくしの最近の歌集である『心の遠景』は他の歌集の二冊分を収めたもので千五百首の歌がある。……『心の遠景』は前期の『晶子短歌全集』全体よりも、『草の夢』よりも、作者に取つて最も大切な歌集である。若しわたくしが長生するならば、斯くいふ今日の言葉に自ら冷汗を覚える日が無いとも限らないのであるが、とにかく小さいわたくしの作物として、今日は『心の遠景』を最上の物として考へているのである。」(『現代短歌全集』後書き)

と。

明治中期『みだれ髪』で歌壇に華々しく登場した晶子の歌風は、まさしく「豊艶華美」の一語に尽きた。それからのほぼ四十年、晶子は歌を詠みつづけた。その間には歌風の激しい変貌を示したこともあった。そして晩年、晶子は数多くの旅詠を残した。旅詠とはいえ、晶子のそれは単なる叙景歌ではなかった。旅先での風物に託して心情を表白した歌であった。そのことを晶子自身は、歌集『草の夢』(大正十一年九月刊)にふれた文章の中で、つぎのように説明している。

「『草の夢』はわたくしの歌を鑑賞して下さる人達には是非読んで頂きたいと思ふ歌集である。旅行中の作が多くなったが、旅を主題としたものではもとよりない。此処(註・『現代短歌全集』)に選んだ八十二首の半以上に旅の歌があつても、わたくしにとつてはそれも是も わたくしの内部生活の歌なのである。」

(『現代短歌全集』後書き)

また、『白桜集』のころになると晶子の旅詠は夫を失った女性の哀愁によって染色されたものになっている。佐藤春夫は『白桜集』に収められた一首、

冬の夜の星君なりき一つをば
云ふにはあらずことごとく皆　「星」

を例に、晩年の晶子の作風を、

「このやうな熱情、このやうな歌格の大きさは、たとひ幾たび同じやうに歌はれても、決してマンネリズムなどといふものではあるまい。」(『与謝野晶子歌集』解説)

と評している。

晶子は常に素直であった。いつの時代にあっても、自らに対して真摯であった。気取らず粧わず、素直にその心情を作品に表白した。明治に生まれ昭和に没した晶子は、明治、大正、昭和の三代にわたって歌を詠みつづけた。時代に迎合せず、世相にこびることもなく、自らの作風を貫いたのである。

晶子がその生涯を通じて詠んだ歌は、総計三万首におよぶといわれている。

年譜

一八七八年（明治十一）　十二月七日、大阪府堺市甲斐町四十六番地に、父鳳宗七、母つねの三女として生まれた。本名志よう。生家は菓子商の老舗駿河屋であった。

＊自由民権論台頭す。

一八八四年（明治十七）　**六歳**　堺市宿院小学校に入学。

＊海上胤平《うながみたねひら》、御歌所派の和歌を批判。

一八八八年（明治二十一）　**十歳**　宿院小学校を卒業、宿院高等小学校に一時在籍ののち、堺女学校に入学。国語の師に小田清雄がいた。

＊国粋主義台頭す。「孝女白菊の歌」落合直文。

一八八九年（明治二十二）　**十一歳**　この春から、嫁いだ姉のあとを継いで学校の合間に店の帳付けをする。

＊森鷗外ら新声社を結成。『於母影』鷗外ほか訳。

一八九二年（明治二十五）　**十四歳**　堺女学校卒業、同校補習科に進む。

＊「厭世詩家と女性」北村透谷。

一八九四年（明治二十七）　**十六歳**　堺女学校補習科卒業。以後家にあって、帳付けや家事を手伝うかたわら、古典や近代文学に親しむ。

＊日清戦争勃発。「亡国の音」与謝野鉄幹。

一八九七年（明治三十）　**十九歳**　十二月、「ちぬの浦百首」に歌一首掲載される。この頃、読売新聞に載った与謝野鉄幹の歌に注目する。

＊『天地玄黄』鉄幹。『若菜集』島崎藤村。

一八九九年（明治三十二）　**二十一歳**　浪華青年文学会堺支会に加盟。二月、機関誌『よしあし草』に新体詩「春月」を鳳小舟の名で発表。以後、新体詩、短歌を『よしあし草』に発表する。

＊鉄幹、東京新詩社を創設。家庭小説流行。

一九〇〇年（明治三十三）　**二十二歳**　一月、関西青年文学会堺支会の懇親会が浜寺で催され出席、河野鉄南を知る。五月、新詩社の同人となり、『明星』二号に六首が掲載された。以後、『明星』が作品発表の場となる。八月、与謝野鉄幹西下、北浜の平井旅館に鉄幹を訪い初めて対面する。山川登美子とも初対面。以後、鉄幹への慕情つのり、その思いは作品となって『明星』誌上を彩った。十一月、ふたたび西下した鉄幹と、山川登美子とともに京都永観堂の紅葉を観賞、粟田山で一泊。
＊「旅情」藤村。『明星』創刊。

一九〇一年（明治三十四）　**二十三歳**　一月、鉄幹と二泊の小旅行。六月、家を捨てて上京、東京渋谷の鉄幹の家で新生活に入る。八月、処女歌集『みだれ髪』を新詩社から刊行。秋、木村鷹太郎の媒酌により結婚。
＊『紫』鉄幹。文壇照魔鏡事件おこる。

一九〇二年（明治三十五）　**二十四歳**　十一月、長男光誕生。
＊自然主義への胎動始まる。

一九〇三年（明治三十六）　**二十五歳**　九月、父宗七死去。
＊幸徳秋水ら『平民新聞』を創刊。落合直文没。

一九〇四年（明治三十七）　**二十六歳**　一月、歌集『小扇』を刊行。五月、中渋谷三四一番地に転居、寛と共著歌集『毒草』を刊行。七月、次男秀《しげる》誕生。九月、『明星』に「君死にたまふこと勿れ」を発表。十一月、千駄ヶ谷に転居。
＊日露戦争勃発。『藤村詩集』藤村。

一九〇五年（明治三十八）　**二十七歳**　一月、山川登美子、増田雅子と合著歌集『恋衣』を刊行。
＊『吾輩は猫である』夏目漱石。『海潮音』上田敏訳。

一九〇六年（明治三十九）　**二十八歳**　一月、歌集『舞姫』を刊行。九月、歌集『夢の華』刊行。
＊婦人参政権運動おこる。『破戒』藤村。

一九〇七年（明治四十）　**二十九歳**　三月、長女八峰、次女七瀬誕生。この年、母つね死去。
＊「蒲団」田山花袋。口語自由詩台頭。

一九〇八年（明治四十一）　**三十歳**　七月、歌集『常夏』を刊行。十一月、『明星』終刊。
＊自然主義全盛。伊藤左千夫ら『アララギ』を創刊。

一九〇九年（明治四十二）　**三十一歳**　三月、三男麟誕生。五月、『常磐樹』創刊。歌集『佐保姫』を刊行。この年、『源氏物語』口語訳執筆開始。神田駿河台紅梅町に転居。
＊北原白秋ら『スバル』を創刊。山川登美子没。

一九一〇年（明治四十三）　**三十二歳**　二月、三女佐保子誕生。この年、『源氏物語』の講義を自宅で開く。
＊大逆事件発覚。武者小路実篤ら『白樺』を創刊。

一九一一年（明治四十四）　**三十三歳**　一月、歌集『春泥集』を刊行。二月、四女宇智子誕生。七月、感想集『一隅より』を刊行。十一月、寛渡欧。この春、麹町中六番町に転居。
＊「或る女」有島武郎。平塚らいてふら『青鞜』を創刊。

一九一二年（明治四十五）　**三十四歳**　一月、歌集『青海波』

を刊行。五月、小説集『雲のいろいろ』を刊行。この月、渡欧。十月、帰国。

＊大正改元。『悲しき玩具』石川啄木。

一九一三年（大正二） **三十五歳** 二月、寛帰国。四月、四男アウギュスト（昱《いく》）誕生。六月より九月まで、『朝日新聞』に小説『明るみへ』を連載。

＊『珊瑚集』永井荷風訳。『赤光』斎藤茂吉。

一九一四年（大正三） **三十六歳** 一月、詩歌集『夏より秋へ』を刊行。二月、童話集『八つの夜』を刊行。七月より翌年三月にかけて、『新訳栄華物語』を刊行。十一月、五女エレンヌ誕生。

＊第一次世界大戦勃発。『道程』高村光太郎。

一九一五年（大正四） **三十七歳** 三月、歌集『さくら草』を刊行。五月、『雑記帳』を刊行。九月、童話『うねうね川』を刊行。十二月、歌論書『歌の作りやう』を刊行。この年、麹町富士見町に転居。

＊「道草」漱石。「羅生門」芥川竜之介。

一九一六年（大正五） **三十八歳** 一月、歌集『朱葉集』を刊行。小説『明るみへ』を刊行。三月、五男健誕生。四月、感想集『人及び女として』を刊行。五月、歌集『舞ごろも』を刊行。この年、『新訳紫式部日記・新訳和泉式部日記』『新訳徒然草』を刊行。

＊デモクラシイの主張さかん。白樺派全盛。上田敏没。

一九一七年（大正六） **三十九歳** 一月、感想集『我等何を求むるか』を刊行。十一月、感想集『愛、理性及び勇気』を刊行。

＊『月に吠える』萩原朔太郎。「城の崎にて」志賀直哉。

一九一八年（大正七） **四十歳** 五月、感想集『若き友へ』を刊行。

＊米騒動おこる。民衆詩派台頭。

一九一九年（大正八） **四十一歳** 一月、感想集『心頭雑草』を刊行。四月、六女藤子誕生。八月、歌集『火の鳥』を刊行。感想集『激動の中を行く』を刊行。九月、歌論書『晶子歌話』を刊行。

＊普通選挙要求運動勃興。「友情」実篤。

一九二〇年（大正九） **四十二歳** 五月、感想集『女人創造』を刊行。

＊第一回メーデー挙行。通俗小説流行。

一九二一年（大正十） **四十三歳** 一月、歌集『太陽と薔薇』を刊行。三月、感想集『人間礼拝』を刊行。四月、西村伊

作、石井柏亭、河崎なつ、寛とともに文化学院を設立。十一月、『明星』復刊。

＊「暗夜行路」直哉。プロレタリア文学運動おこる。

一九二二年（大正十一）　**四十四歳**　九月、歌集『草の夢』を刊行。

＊童話・童謡・宗教文学隆盛。森鷗外没。

一九二三年（大正十二）　**四十五歳**　四月、感想集『愛の創作』を刊行。九月、関東大震災により『源氏物語』の訳稿焼失。

＊関東大震災。「日輪」横光利一。

一九二四年（大正十三）　**四十六歳**　五月、歌集『流星の道』を刊行。

＊新感覚派台頭。築地小劇場開場。

一九二五年（大正十四）　**四十七歳**　一月、歌集『瑠璃光』を刊行。七月、感想集『砂に書く』を刊行。九月、自選歌集『人間往来』を刊行。十一月、童話『藤太郎の旅』を刊行。

＊日本プロレタリア文芸連盟成立。

一九二六年（大正十五）　**四十八歳**　二月、『新訳源氏物語』を刊行。

＊「伊豆の踊子」川端康成。円本時代始まる。

一九二七年（昭和二）　**四十九歳**　九月、下荻窪に転居。この年より日本古典全集の編集にあたる。

＊金融恐慌。「或阿呆の一生」竜之介。

一九二八年（昭和三）　**五十歳**　五月、寛と満州、蒙古を旅行。六月、歌集『心の遠景』を刊行。七月、感想集『光る雲』を刊行。

＊第一回普通選挙。ナップ成立。

一九二九年（昭和四）　**五十一歳**　一月、『晶子詩篇全集』を刊行。十二月、歌集『霧島の歌』を刊行。

＊「夜明け前」藤村。「蟹工船」小林多喜二。『短歌写生の説』茂吉。

一九三〇年（昭和五）　**五十二歳**　三月、雑誌『冬柏』創刊。五月、寛と共著『満蒙遊記』を刊行。

＊新興芸術派成立。新心理主義おこる。

一九三一年（昭和六）　**五十三歳**　二月、感想集『街頭に送る』を刊行。

＊満州事変勃発。日本プロレタリア文化連盟成立。

一九三三年（昭和八）　**五十五歳**　九月より翌年八月にかけて『与謝野晶子全集』十三巻を刊行。

＊日本国際連盟を脱退。文芸復興が叫ばれる。

一九三四年（昭和九）　**五十六歳**　二月、感想集『優勝者となれ』を刊行。

＊プロレタリア文学運動壊滅。行動主義、転向文学盛んになる。

一九三五年（昭和十）　**五十七歳**　三月二十六日、寛死去。

＊保田与重郎ら『日本浪漫派』を創刊。芥川賞、直木賞設定。

一九三八年（昭和十三）　**六十歳**　四月、『現代語訳平安朝女流日記』を刊行。十月より翌年七月にかけて『新々訳源氏物語』を刊行。

＊「麦と兵隊」火野葦平。戦争文学流行。

一九三九年（昭和十四）　**六十一歳**　十月、『新々訳源氏物語』完成祝賀会が上野精養軒で催される。

＊第二次世界大戦勃発。国策文学の氾濫始まる。

一九四〇年（昭和十五）　**六十二歳**　五月、脳溢血で倒れる。

＊大政翼賛会発会。文芸銃後運動おこる。

一九四一年（昭和十六）　**六十三歳**　十二月、六十三回誕辰祝賀会を自宅で開く。

＊太平洋戦争勃発。歴史文学流行。

一九四二年（昭和十七）　一月、病状悪化、危篤状態に陥ったが奇蹟的に脱す。五月、尿毒症を併発、意識不明となり、二十九日、死去。六月、青山斎場で告別式、多磨墓地に埋葬。法名は「白桜院鳳翔晶耀大姉」。九月、遺歌集『白桜集』が刊行される。

＊日本文学報国会発会。北原白秋没。

参考文献

『明治の東京』 馬場孤蝶 中央公論社 昭17・5
『作家と歌人』 宇野浩二 全国書房 昭21・7
『与謝野晶子』 兼常清佐 三笠書房 昭23・8
『青春期の自画像』 佐藤春夫 共立書房 昭23・8
『君死にたまふことなかれ』 深尾須磨子 改造社 昭24・5
『晶子とその背景』 安部忠三 羽田書房 昭24・7
『明治大正短歌史』 斎藤茂吉 中央公論社 昭25・10
『青春時代』 長田幹彦 出版東京 昭27・11
『名作とそのモデル』 神崎 清 東京文庫 昭28・3
『晶子曼陀羅』 佐藤春夫 講談社 昭29・9
『明治の青春』 正富汪洋 北辰堂 昭30・9
『与謝野晶子』（日本文学アルバム） 塩田良平編 筑摩書房 昭30・11
『みだれ髪攷』 佐藤亮雄 修道社 昭31・4
『近代短歌の諸問題』 木俣 修 新典書房 昭31・7
『藹々雅子遺稿集』 岩波書店 昭31・11
『与謝野晶子書誌』 入江春行 創元社 昭32・1
『情熱の晶子』 若月 彰 三一書房 昭32・5
『鉄幹と晶子』 菅沼宗四郎 中央公論事業出版 昭33・11
『近代の歌人Ⅰ』（日本歌人講座6） 松田好夫 弘文堂 昭36・8
『近代短歌の鑑賞と批評』 木俣 修 明治書院 昭39・11
『明治女流作家論』 塩田良平 寧楽書房 昭40・6
『全釈みだれ髪研究』 佐竹籌彦 有朋堂 昭40・10
「晶子と近代抒情」（『冬柏』21巻1・2） 昭25・2
「与謝野晶子評伝」（『国語国文研究』） 新間進一 昭26・3～32・4
「晶子先生の思ひ出」（『明治大正文学研究』19号） 中原綾子 東京堂 昭31・4

さくいん

【作　品】

『愛の創作』……一九九
『愛・理性及び勇気』……一九九
『明るみへ』……八八・九二・九四・一九〇・一九四〜二〇二
『晶子歌話』……四四
『晶子新集』……二〇三
『晶子短歌全集』……二一〇
『朝がすみ』……四八
『朝寝髪』……四八
『行って参ります』……二〇二
歌はどうして作る……一三〇
『うねうね川』……二〇二
「産屋日記」……六六
「絵はがき」……四八
『絵本お伽噺』……二〇二
「良人の発病より臨終まで」……一一六・一一八
「親　子」……五六
「君死にたまふことなかれ」……六八・七三・一五三
鏡心燈語……一〇二
『霧島の歌』……一一四・二〇五
『草の夢』……一三五・二〇三・二一〇
『雲のいろいろ』……二〇二
『激動の中を行く』……一九九
「罌粟餅」……一九・三七
『現代短歌全集』後書き……一六三・二二一
『現代短歌全集』第五巻後書き……一六四
『恋　衣』……九・七二・一四八・一五〇・一五四・一五六・一五九〜一六二・一七〇・一七四・一八〇
『小　扇』……六六・七三・一四八
『心の遠景』……二〇五・二一〇
『さくら草』……二〇三
「座談のいろいろ」……二〇・八六
「雑記帳」……一五・三三・一九九
『佐保姫』……一五四・一七三
「渋谷にて」……六四
「自分の歌に就て」……二七
『朱葉集』……二〇三
春　月……二九
『春泥集』……二六・一七三・一九七
「初夏の旅」……一一
『新々訳源氏物語』……二〇四・二二一
『心頭雑草』……一九九
「新婦人の自覚」……一九七
「砂に書く」……一九九
『青海波』……一五四・一七三
「清少納言の事ども」……一三・一九・二一
「そぞろごと」……一〇一・一八〇・一九七
『太陽と薔薇』……一八八・二〇三
「旅に立つ」……九五
『藤太郎の旅』……二〇二
「独　語」……一〇二
「読書の習慣」……一〇六
「読書・虫干・蔵書」……二〇四・二一〇
『毒　草』……六六・七三・一四八・一八〇
『常　夏』……七五・一五四・一七三
『夏より秋へ』……一七一・一七四・一八〇・一八八・二〇三
『女人創造』……一九九
『人間礼拝』……一九九
『白桜集』……一三五・二〇三・二〇六・二二一
『花』……一七三
「母晶子」……一一
「母の文」……一四・二一
「巴里より葉書の上に」……九七
『人及び女として』……一九九
『一隅より』……一九七・一九八
火の鳥……一〇八・二〇三
「批　評」……六一
「ひらきぶみ」……六八・七三
「婦人と思想」……一九七
「文化学院設立に就て」……一〇六
「伯林停車場」……一八九・一九〇
『舞ごろも』……二〇三
『舞　姫』……七五・一五四・一六二・一六五・一六九・一七一・一八〇
『満蒙遊記』……一一三・二〇五
『みだれ髪』……五五・五八・六〇・七三・一三三・一三五・一四一・一四五〜一四九・一五六・一五九・一六三・一七一・一七三・一八四・一九七・二〇四・二二一
「モンソオ公園の雀」……一〇〇
『八つ夜』……二〇二
「籔柑子」……二五・二七
「唯一の問」……八五
『夢の華』……七五・一七一
「養　子」……二七
『与謝野晶子歌集』……一四〇

『与謝野晶子歌集』奥書……一六四
「与謝野晶子集の後に」…七五
『流星の道』……二〇三
『瑠璃光』……二〇三・二〇五
『若き友へ』……一九九
「我家の庭」……一〇八・一一〇
「わすれじ」……四一
「私と宗教」……八一
「私の歌を作る心持」……二六
「私の貞操観」……四一・一三一
『我等何を求むるか』……一九九

【人名】

石井柏亭……七四・九七・一〇五・一一一
石川秋骨……一〇九
石川啄木……六三・六六・七四・八五・一一四・二〇〇
伊藤左千夫……一六五・一六八
上田　敏……六四・七四・一一七・一一九・一三八・一四四・一七四・二〇〇
大町桂月……七一・七三
小田清雄……一八
落合直文……二八・三六・四四・六四
花袋……七六
金尾種次郎(金尾文淵堂)……九〇・一二〇・一三一・二〇〇
河井酔茗……一一・二五・二八・三一・三三・三八
河崎なつ……一二四
川端康成……一五六
蒲原有明……三六・七四
北原白秋……七五・一一七
北村透谷……一四八・一五五
木下杢太郎……七七・八五
金田一京助……六六・七四
幸徳秋水……六七・一〇〇
河野鉄南…二八・三一～三五・三九・一三九
小島烏水……一四四・一四五
小林天眠……二八・八七・一一九・一三一・二〇〇
斎藤茂吉……一四七
堺　利彦……六七・一〇三・一〇四
佐藤春夫…九四・一二二・一二三・二〇〇・二二一
島崎藤村……三六・七六・一〇六・一四〇・一四八・一五五
菅沼宗四郎(石引宗四郎)…九七・一一六
薄田泣菫……三六・六六・一四〇・一五三
宗七(父)……一一・一三・六四・六七
相馬御風……六六
高須梅渓……二八・三九
高村光太郎(砕雨)……五六・六六・一二四・二〇〇・二〇六
高山樗牛……一四五
茅野蕭々…六六・七四・七八・一五〇・二〇〇
籌三郎(弟)……一五・六七
つね(母)……一一・一三
鉄幹(寛)…二七・三三・三七・四〇・四三・四九・五四・六三・七七・八一・八三・八六・八八・九一・九五・九七・一〇四・一〇九・一一三・一一七・一三一・一三七・一四三・一四六・一七四・一七五・一九四・二〇〇・二〇五・二一〇
鉄　南……三七
戸川秋骨……二五
長田秀雄……七七
長田幹彦……七七
中原綾子……一三四
西村伊作……一〇四・一一三・一一八
馬場孤蝶……六三・七四
林滝野……四四・五三・五六・九一・一三三・二〇〇
秀　太　郎……一三・二〇・二六・五七・六七
平出修(露花)……四二・一三八・一六〇
平塚雷鳥……一〇〇・一〇一・二〇〇
平野万里…六六・七四・七八・八五・一二四・一六七・二〇三・二〇六
藤島武二……五八・五九
文淵堂経営者(金尾種次郎)……二〇〇
星下郊人(生田長江)……一六〇
堀口大学……一三四
正富汪洋……九三
増田雅子(茅野雅子)七三～七四・一三四・一四八～一五二・一六〇・二〇〇
森鷗外(林太郎)…二五・八六・九五・一二七・一三〇・一八九・一九九
山川登美子…三九・四一・四八・五〇・七二・一三三・一四八～一五二・一六〇・一六三・一七三
吉井勇……七四・七六・八五
若山牧水……一五三

—完—

与謝野晶子■人と作品　　定価はカバーに表示

1968年３月20日　第１刷発行Ⓒ
2017年９月10日　新装版第１刷発行Ⓒ

・著　者　…………………………福田《ふくだ》清人《きよと》／浜名《はまな》弘子《ひろこ》
・発行者　…………………………………渡部　哲治
・印刷所　……………………法規書籍印刷株式会社
・発行所　…………………………株式会社　清水書院

〒102-0072　東京都千代田区飯田橋3-11-6
Tel・03(5213)7151～7
振替口座・00130-3-5283
http://www.shimizushoin.co.jp

検印省略
落丁本・乱丁本は
おとりかえします。

CenturyBooks

Printed in Japan
ISBN978-4-389-40115-3

CenturyBooks

清水書院の〝センチュリーブックス〟発刊のことば

近年の科学技術の発達は、まことに目覚ましいものがあります。月世界への旅行も、近い将来のこととして、夢ではなくなりました。しかし、一方、人間性は疎外され、文化も、商品化されようとしていることも、否定できません。

いま、人間性の回復をはかり、先人の遺した偉大な文化を継承して、高貴な精神の城を守り、明日への創造に資することは、今世紀に生きる私たちの、重大な責務であると信じます。

私たちがここに、「センチュリーブックス」を刊行いたしますのは、人間形成期にある学生・生徒の諸君、職場にある若い世代に精神の糧を提供し、この責任の一端を果たしたいためであります。

ここに読者諸氏の豊かな人間性を讃えつつご愛読を願います。

一九六七年

SHIMIZU SHOIN

【人と思想】既刊本

老子	高橋　進
孔子	内野熊一郎他
ソクラテス	中野　幸次
釈迦	副島　正光
プラトン	中野　幸次
アリストテレス	堀田　彰
イエス	八木　誠一
親鸞	古田　武彦
ルター	小牧　治 泉谷周三郎
カルヴァン	渡辺　信夫
デカルト	伊藤　勝彦
パスカル	小松　摂郎
ロック	浜林正夫他
ルソー	中里　良二
カント	小牧　治
ベンサム	山田　英世
ヘーゲル	澤田　章
J・S・ミル	菊川　忠夫
キルケゴール	工藤　綏夫
マルクス	小牧　治
福沢諭吉	鹿野　政直
ニーチェ	工藤　綏夫
J・デューイ	山田　英世
フロイト	鈴村　金彌
内村鑑三	関根　正雄
ロマン＝ロラン	村上　嘉隆 村上　益子
孫文	横山　英 中山　義弘
ガンジー	坂本　徳松
レーニン（品切）	中野　徹三 高岡健次郎
ラッセル	金子　光男
シュバイツァー	泉谷周三郎
ネルー	中村　平治
毛沢東	宇野　重昭
サルトル	村上　嘉隆
ハイデッガー	新井　恵雄
ヤスパース	宇都宮芳明
孟子	加賀　栄治
荘子	鈴木　修次
アウグスティヌス	宮谷　宣史
トーマス・マン	村田　經和
シラー	内藤　克彦
道元	山折　哲雄
ベーコン	石井　栄一
マザーテレサ	和田　町子
中江藤樹	渡部　武
ブルトマン	笠井　恵二
本居宣長	本山　幸彦
佐久間象山	奈良本辰也 左方　郁子
ホッブズ	田中　浩
田中正造	布川　清司
幸徳秋水	絲屋　寿雄
スタンダール	鈴木昭一郎
和辻哲郎	小牧　治
マキアヴェリ	西村　貞二
河上肇	山田　洸
アルチュセール	今村　仁司
杜甫	鈴木　修次
スピノザ	工藤　喜作
ユング	林　道義
フロム	安田　一郎
マイネッケ	西村　貞二
エラスムス	斎藤　美洲
パウロ	八木　誠一
ブレヒト	岩淵　達治
ダンテ	野上　素一
ダーウィン	江上　生子
ゲーテ	星野　慎一
ヴィクトル＝ユゴー	辻　昶 丸岡　高弘
トインビー	吉沢　五郎
フォイエルバッハ	宇都宮芳明

平塚らいてう	小林登美枝
フッサール	加藤精司
ゾラ	尾崎和郎
ボーヴォワール	村上益子
カール=バルト	大島末男
ウィトゲンシュタイン	岡田雅勝
ショーペンハウアー	遠山義孝
マックス=ヴェーバー	住谷一彦他
D・H・ロレンス	倉持三郎
ヒューム	泉谷周三郎
シェイクスピア	福田陸太郎 菊川倫子
ドストエフスキイ	井桁貞義
エピクロスとストア	堀田彰
アダム=スミス	浜林正夫 鈴木亮
ポパー	川村仁也
フンボルト	西村貞二
白楽天	花房英樹
ベンヤミン	村上隆夫
ヘッセ	井手賁夫
フィヒテ	福吉勝男
大杉栄	高野澄
ボンヘッファー	村上伸
ケインズ	浅野栄一
エドガー=A=ポー	佐渡谷重信
ウェスレー	野呂芳男
レヴィ=ストロース	吉田禎吾他
ブルクハルト	西村貞二
ハイゼンベルク	小出昭一郎
ヴァレリー	山田直
プランク	高田誠二
ラヴォアジエ	中川鶴太郎
T・S・エリオット	徳永暢三
シュトルム	宮内芳明
マーティン=L=キング	梶原寿
ペスタロッチ	長尾十三二 福田弘
玄奘	三友量順
ヴェーユ	冨原眞弓
ホルクハイマー	小牧治
サン=テグジュペリ	稲垣直樹
西光万吉	師岡佑行
ヴァイツゼッカー	加藤常昭
メルロ=ポンティ	村上隆夫
オリゲネス	小高毅
トマス=アクィナス	稲垣良典
ファラデーとマクスウェル	後藤憲一
津田梅子	古木宜志子
シュニツラー	岩淵達治
タゴール	丹羽京子
カステリョ	出村彰
ヴェルレーヌ	野内良三
コルベ	川下勝
ドゥルーズ	鈴木亨
「白バラ」	関楠生
リジュのテレーズ	菊地多嘉子
リッター	西村貞二
プルースト	石木隆治
ブロンテ姉妹	青山誠子
ツェラーン	森治
ムッソリーニ	木村裕主
モーパッサン	村松定史
大乗仏教の思想	副島正光
解放の神学	梶原寿
ミルトン	新井明
ティリッヒ	大島末男
神谷美恵子	江尻美穂子
レイチェル=カーソン	太田哲男
オルテガ	渡辺修
アレクサンドル=デュマ	辻昶 稲垣直樹
西行	渡部治
ジョルジュ=サンド	坂本千代
マリア	吉山登